Om du bad mig stanna

Mikael Falk

Om du bad mig stanna

Roman

Satt med Calluna 11,5/14,5 punkter
Förlag: BoD – Books on Demand, Stockholm, Sverige
Tryck: BoD – Books on Demand, Norderstedt, Tyskland
ISBN: 978-91-8057-822-6

Kapitel 1

»Jag har en hemlig karriär som tavelmörderska.«

Laura ler stort, och Andreas skrattar till.

»Det där ... var det knäppaste ... jag har hört.«

»Som konservator ska jag bevara målningar och laga sådana som skadats. Men för att lära mig något om skador, måste jag först se hur de ser ut. Alltså misshandlar jag målningar för att se vad som händer och vad som går att göra åt det.«

»Är det verkligen så man ska göra?«

Laura rycker på axlarna och sippar på espresson.

»Jag vet inte, jag har ju inte kommit in på utbildningen än. Men jag prövar mig fram på egen hand. Det skadar inte att jag får lite praktisk erfarenhet.«

»Men tänk om du skulle förstöra någon verkligt värdefull tavla?«

Hon skakar snabbt på huvudet.

»Jag väljer mina offer med omsorg. Men det måste vara måleri med riktiga färger, inga simpla reproduktioner. Jag köper hötorgskonst på loppis, tar hem och smutsar ner, skär sönder, kastar pil på och så vidare. När du ringde hade jag en målning i ugnen.«

»Som din jurist måste jag ändå varna dig för att dina grannar till slut kan fatta misstankar. Jag kan se löpsedlarna: 'Tavelmörderska gripen. Granne: Hon verkade så trevlig.'«

Laura lägger armarna i kors och sträcker fram hakan.

»Om polisen frågar mig om några förstörda målningar, säger jag att de var sådana från början och att det var en bekants bekant som glömde kvar dem hemma hos mig. Ingen kan sätta dit mig för något.«

Hon ler och ser märkvärdigt oanständig ut.

»Lyckas du laga någonting då?«

Hon skakar på huvudet.

»Nä. Inte snyggt i alla fall. Däremot lär jag mig *massor* om att känna igen olika sorters skador på duk. Man kan väl säga att jag är i en destruerande fas i livet och att den får ta sin tid helt enkelt.«

Första gången Andreas såg henne var i höstas på Kurs- och tidningsbiblioteket. Det var en av de dagarna när han gick över dit från Handelshögskolan för att sitta och plugga mer ostört.

Den där eftermiddagen satt hon längst fram i läsesalen, bakåtlutad och med blicken riktad mot den enorma tavlan på väggen framför sig. Hon slängde ner anteckningar i en skrivbok som hon knappt tittade i.

Något med henne – allt med henne! – gjorde att det inte gick att låta bli att titta.

Hennes nonchalanta kroppsspråk, hennes svarta page – om det nu var rätt ord, när håret i nacken var så kortklippt – allt fick henne att verka självsäker på ett närmast främmande sätt för det här rummet. Samtidigt var det omöjligt att föreställa sig henne annorlunda. Precis som en Parisbohem. Kanske var det hennes svarta och röda kläder som fick honom att tänka på det viset, men det verkade fullkomligt rimligt. Just där och då var det nästan konstigt att hon inte rökte också.

Hans uppslagna kursböcker i offentlig rätt blev liggande utan att han såg åt dem. Hon där framme var mer fascinerande än några framtida betyg. Vem var hon? Varför verkade det självklart att hon satt där? På något sätt var det som om han hade sett henne förut. Eller som om hon var någon som han visste att han skulle känna igen.

Som om han *mindes* henne – utan att någonsin ha sett henne.

Han gick inte fram till henne, trots att han ville. Vad skulle en förstaterminsstudent säga till en Parisbohem?

Tänk om hon dessutom visste vad han satt och tänkte på!

Innan hon gick vände hon sig åt hans håll, såg rakt på honom och smålog.

Om han inte hade sett henne igen i lördags natt, hade han kanske fortsatt att tro att hon verkligen var en Parisbohem på tillfälligt besök – eller att han hade drömt att han sett henne i biblioteket. Men där var hon, inne på Pustervik av alla ställen. Hon märktes på långt håll i folkmassan. Det var något speciellt med hennes sätt att röra sig till rytmerna av musiken.

Inbillade han sig, eller tittade hon åt hans håll?

Hon såg allvarlig ut men på ett attraktivt sätt. Absolut inte sur, men framför allt inte glättig. Hennes ansiktsuttryck verkade säga »Klarar du av mig?« till varje kille som ens funderade på att närma sig. Och den där tighta klänningen klädde henne alldeles för bra.

Om hon bad honom dra åt helvete, skulle han ändå inte behöva träffa henne igen.

»Laura.«

Det var så hon presenterade sig. Hur skulle hon kunna heta något annat?

Hon ville hellre ha vin än öl, talade inte göteborgska och ville prata om färger och måleri. Det hade visst med hennes egna studier att göra. Vad skulle han säga? Det var *inte* ett typiskt samtal som man hade med en tjej på en nattklubb. Hon skulle förmodligen försvinna om han inte fångade hennes intresse.

»Du borde se hur färgstarka gamla målningar faktiskt är«, avslutade hon en utläggning om gulnad fernissa. »Då skulle du förstå.«

»Färgstarka?« Andreas log. »Det är närmast ett ord man vill använda om dig.«

»Tack!« Hon sken upp och skrattade.

Han stod still och tittade på henne.

»Jag har absolut aldrig träffat någon som så passionerat talar om färg klockan ett på natten.«

»Det tror inte jag heller att du har.« Hennes leende var svårt att tolka.

»Äntligen ett helt nytt intryck i den här staden.«

»Du är inte heller härifrån?«

Han skakade på huvudet.

»Jag flyttade hit i höstas för att börja på juristprogrammet. Jag kanske stannar kvar efteråt, men jag vet inte.«

»Vet du inte?« Hon såg närmast road ut.

»Ska man göra karriär, får man vara beredd på att flytta dit de bästa jobben finns.« Han drog efter andan. »Det är bara så det är.«

»Vad tycker du om Göteborg då?«

»Jämfört med Charlottenberg är det ett enormt lyft. Men jag är ärligt talat inte riktigt hemma här än. Här finns både vackert och fult – och en del konstigt.«

Hon fnissade.

»Jo, de pratar speciellt här.«

Han tyckte redan om att se henne skratta.

»Du själv då?«

»Har bott här två år.«

»Kan man vänja sig?«

»Man kan välja vilka stadsdelar som man vill leva i. Och vilka kulturformer man vill ta till sig. Det finns lyckligtvis tillräckligt mycket av allt för att man ska få ett urval.«

»Med andra ord måste man inte bli en go gubbe, och tycka om fotboll och ordvitsar för att alla andra gör det?«

»Inte om man inte vill.«

Det lät lugnande. Han tömde sin öl.

»Din tur att bjuda«, sa han och höll upp sitt tomma glas.

Hon tittade på honom innan hon svarade.

»Vill du följa med hem och dricka absint?«

Så direkt hon ställde frågan! Han måste ha ryckt till.

»Ska det inte vara te man föreslår?«

»Alltså«, sa hon och fortsatte att titta stadigt på honom, »det är ingen omskrivning för något annat. Jag undrar om du vill dricka absint med mig.«

»Sådant där grönt som man blir galen av?«

»Riktig destillerad absint. Inte tjeckisk sprit med karamellfärg. Ska vi gå?«

De satt mitt emot varandra i halvdunklet vid hennes lilla köksbord i en tvåa i Linnéstaden. Ute i hallen stod oinramade tavlor lutade mot väggarna, och det låg böcker staplade i högar på golvet. Laura var inte den som bad om ursäkt för någon röra.

Hon hällde upp grön absint i två kantiga vinglas, lade någon sorts perforerad tårtspade med en sockerbit ovanpå sitt glas och hällde kallt vatten över.

»Den blir ju vit!«

»Det ska absint bli. Det är ett tecken på att den är äkta. Du får hälla vatten över din egen nu. Långsamt.«

»Kan man inte dricka den som den är?«

»Tro mig, det vill du inte.«

Det smakade närmast som lakritskritor upplösta i sprit.

Han höll glaset i handen.

»Ska man bli galen nu?«

»De har ändrat receptet sedan 1800-talet. Man blir inte lika galen som förr, men på den tiden stjälpte folk också i sig absint i samma mängd som vin.«

Andreas såg sig omkring i köket.

»Och här sitter jag. Konstigt!«

»Så du hade inte planerat att följa med någon hem då?« Hon log snett.

Han skakade på huvudet.

»Nej, vi gick ut som vanligt ett gäng kursare, och det är inte alltid jag vet var vi hamnar. Jag hade ingen plan för kvällen, men jag tror att jag ändå skulle ha övergett den efter att ha sett dig. Fast jag visste förstås inte att jag skulle hamna hemma hos dig.«

»Känns det fel att vara här?«

»Inte alls.«

De satt tysta och tog var sin klunk till.

»Hur hamnade du i Göteborg?« Hon stödde hakan i ena handen och såg forskande på honom.

»För att gå juristprogrammet så klart.«

»Ja, men *varför*?«

»För att bli något.«

»Jag kan upplysa dig om att du redan är något; jag pratar med dig just nu.«

Han satt tyst ett tag. Om hon bara visste.

»Du har inte växt upp på ett litet ställe, va? Har man hela tiden känt att man inte passar in men att det samtidigt inte finns något annat liv att välja, då vill man bara bort. Då vill man slippa att fortsätta känna sig *fel* vad man än gör. Någonstans måste det finnas en plats där man kan vara sig själv utan att få skit för det. Då vill man ge fingret åt allt och alla och försvinna för att få forma sitt eget liv.«

Han stjälpte i sig mer absint. Det var som om han befann sig i en dröm där han kunde berätta sanningen utan att riskera något. Varför verkade det så rätt att säga till just henne allt han nyss hade sagt?

»Svar på tal minsann.« Hon var lika lugn som tidigare. »Det finns alltid något annat att välja.«

Han satte ner sitt glas så försiktigt han kunde.

»Det är först nu jag *kan* välja«, sa han med en utandning. »Det är därför jag är här.«

»Så har du egentligen flyttat *till* Göteborg eller bara bort från något annat?«

»Både och. Det finns ju inget juristprogram hemma.«

»Och det var det du ville gå?«

»Det tog ett tag att komma på det.« Han tittade på en punkt bredvid henne och försökte minnas när tanken på juridik hade dykt upp för första gången.

»Hittills har jag inte ångrat mig. Jag gillar det. Dessutom hjälper det att veta att studierna en dag också kommer att ta mig till ett liv som jag faktiskt vill ha. När de häftiga grabbarna där hemma går kvar med sina rörmokarjobb, och de snygga tjejerna sitter i snabbköpskassan med gulnad hy och barn att försörja ensamma, då är jag långt därifrån.«

Hon lutade sig framåt med ett leende.

»Jag har lite svårt att föreställa mig dig som rörmokare, som bor i villa, har två bilar och garaget fyllt med starkölsflak.«

»I så fall får du komma dit och slå mig. Jag står inte ut med att folk låter sig själva stelna och att de är så förbannat nöjda med det.«

»Du har åtminstone en tydlig bild av vad du inte vill bli«, sa hon och smuttade på absinten.

Han tog en klunk själv och tittade på henne medan han satte ner sitt glas. Hennes ljusblå ögon verkade närmast självlysande under den mörka pannluggen.

»Är du medveten om att du liknar Karin Boye?«

»För frisyren?« Hon drog fingrarna genom håret. »Om du ser bara på den och hoppar över allt annat så antar jag det.«

Fanns det sarkasm i hennes röst?

»Den klär dig i alla fall.«

»Tycker du?« Hennes hand närmade sig hans.

»Den är väldigt rätt på dig.«

»Tack, men bara så du vet är det inte för att jag vill likna någon annan.«

»Det var bara en association.«

Hon log och såg honom i ögonen.

»Associerade du till något mer?«

»Det skulle väl vara en kulturkvinna på ett Pariskafé, som tänder morgonens tredje cigg och stjälper i sig kaffet.«

Laura skrattade.

»Det var ju inte så dumt tänkt. Förmodligen en som nyttjar filterlösa Gauloises och bränd mörkrost till frukost för att få i sig hela kostcirkeln.«

Han log och skakade på huvudet.

»Fast du är snarare unik, unik och fascinerande.«

Hon harklade sig.

»Hör du, jag uppskattar ditt uppenbara intresse, men i kväll är det absint som gäller och bara det.«

»Jag tror den verkar«, sa han med en blick på sitt glas.

»Det där var inte en komplimang, va?«

Det tog någon sekund att förstå.

»Jag syftade inte på dig. Det är bara det att hela den här stunden har en sådan skön overklighetskänsla över sig. Det är liksom en *vackrare* fylla än annars.«

Hon tittade på honom några sekunder, innan hon pekade på honom med hela handen och utbrast med mörk röst:

»Ni, min herre, har anlag för att bli surrealistpoet!«

»Drack de absint? Då är jag med.«

Laura skrattade och reste sig upp.

»Nu slänger jag ut dig. Vill du ses igen?«

Han ryckte till.

»Det är klart. Men vi kan ju inte sluta nu.«

»Jo. Nu vill jag sova.« Hon lade armen på hans axel. »Men vill du ses igen så ring.«

»Om jag alls kommer att minnas någonting av den här natten.«

»Om du har glömt alltihop i morgon, lär du inte ringa«, sa hon med en gäspning. »Men om du har glömt mig, lider du knappast av att inte ses igen.«

Han reste sig. Det snurrade i huvudet när han gick ut i hallen. Laura följde efter. De såg tyst på varandra medan han tog på sig ytterkläderna. Med armarna i kors och håret en aning rufsigt såg hon närmast söt ut och inte lika nattklubbsmystisk.

»Vet du«, sa han, när han fått på sig jackan och halsduken, »även om vi inte skulle ses igen, har det här varit väldigt bra.«

»Gå hem nu.«

»Jag ville bara säga det.«

»Då ska du få minnas den här stunden.« Hon öppnade ytterdörren.

»Ja, och så ska jag bara komma ihåg vilket håll jag ska åt också.«

Han tryckte på lysknappen i trapphuset och blev stående vänd mot Lauras öppna dörr. Hon stod kvar och höll i handtaget. De såg på varandra.

»Du är vacker«, sa han lågt.

Snabbt tog hon två steg fram till honom, sträckte på sig och viskade i hans öra:

»Dröm så sött!«

När han ringde henne på måndagseftermiddagen, blev han varm av att höra hennes röst. Hon fanns på riktigt – utanför hans drömlika minnen av kvällen.

»Du hittade hem sedan?«

»Ja ... jag menar nej. Jag gick åt fel håll och hamnade i Norge. Jag fick lift tillbaka till Göteborg först i morse.«

Hon skrattade.

»Var du så full?«

Han tog ett djupt andetag så tyst han kunde.

»Jag vill gärna träffa dig igen.« Nu hade han sagt det!

»Vad hade du tänkt dig då?« Hon lät inte ett dugg förvånad, mest nyfiken.

»Trerättersmiddag på Sjömagasinet om några år, men vi kan börja med att dricka kaffe.«

»Jag dricker kaffe nu.«

»Vi skulle kunna dricka kaffe tillsammans.«

»Låter lovande.«

»När kan du?«

»Föreslå något så får vi se.«

»Espresso house på NK, i morgon klockan tre.«

»Går inte. Sorry.«

Det var klart att det inte skulle gå. Nu måste han komma på något bra för att rädda sig ur det hela.

»Säg fyra i stället. Då är jag klar med en grej.«

Han slutade andas. Hon sa ja!

»Du får ursäkta«, hörde han Laura säga, »men jag håller på och bränner en målning och måste återgå.«

Kapitel 2

För nio år sedan ska jag möta dig.

Att jag gör det verkar otroligt och oundvikligt på samma gång.

Hösten 2003 flyttade jag till Göteborg för att studera och kunna välja mitt eget liv. Få den där examen som skulle ge mig tillträde till världen. Det var min plan, och du passade inte in i några som helst planer. Just därför blev allt som det blev.

Jag har alltid träffat dig den där gången.

Du kräver min uppmärksamhet. Du gjorde det då, och du gör det nu.

»Har någon annan någonsin betytt tillräckligt mycket för dig för att du ska ha låtit henne komma nära dig och påverka dig det allra minsta?«

Frågan var retorisk och fordrade inget svar, snarare tvärtom.

Jag vet ändå svaret.

Klockan är tre minuter i fyra när Andreas ställer sig utanför NK:s huvudingång för andra gången. Han har redan hunnit gå ett varv runt kvarteret. Han ser sig omkring. Från vilket håll kommer hon att dyka upp?

»Hej!« säger Laura, som står alldeles intill honom.

»Nämen! Var kom du ifrån?«

»Inifrån NK. Jag tog andra ingången.«

Just det, det finns en ingång till! Andreas ser på henne. Hon är mindre sminkad än senast, och i dagsljus ser hon mer flickaktig ut. Det passar henne det också.

»Så kan man ju göra«, säger han och försöker komma på vad han ska göra härnäst. Hon verkar nästan kortare i dag, klädd i vanliga kläder. Underligt!

Han gör en gest mot ingången.

»Ska vi?«

Hon nickar kort och ler.

»Om du tänker erbjuda dig att betala eftersom det är du som har bjudit ut mig, accepterar jag.«

De står still båda två, mitt bland alla passerande människor, tills han vaknar till liv och går före och håller upp dörren för henne. Efter att de slagit sig ner vid ett av de lediga borden – han med sin stora kaffekopp och hon med sin mindre – är de tysta. Han är på dejt med Laura! Nu måste han komma på något att säga. Ingen sitter vid bordet intill dem, så det finns inget sorl att gömma sig i. Det blir hon som pratar först.

»Hur är det att plugga juridik?« Hon minns alltså!

»Ansträngande, framför allt om man ska få bra betyg och bli mer än bara godkänd, men jag gillar utmaningen som det innebär.«

»Är det mycket?«

»Man måste lära sig ett nytt sätt att tänka. Det går inte att bara slå upp svaret i lagboken, utan man måste veta hur varje lag är skriven för att veta hur man ska förstå huvudregeln och undantagen.«

»Och det betyder?«

»Vilket område behandlar det här? Hur tänkte de när de skrev lagen? Hur har man dömt efter den i liknande fall?«

»Och det här gillar du?«

Han skrattar till.

»Ja, faktiskt.« Det går inte att undvika att se nöjd ut, även om hon inte verkar hysa några känslor för ämnet.

»Så i slutänden handlar allt ändå om hur människor tolkar det som står?« Hon sitter märkvärdigt stilla, medan hon talar.

»Om det var så enkelt att man bara behövde slå upp svaret, skulle det inte behövas några jurister.« Han håller hårt om kaffekoppen.

»Nä, kanske det«, säger hon med ett tonfall som låter långt borta. Hon tar en klunk av sin dubbelespresso och sätter ner koppen.

»Jag trodde inte att du skulle ringa. Det är det nästan ingen som gör efter att ha träffat mig.«

»Du menar att du skrämmer bort killar?«

Hon nickar.

»Något sådant, ja. Och de få som faktiskt kommer tillbaka, brukar rätt snart säga att jag är för mycket för dem. Det tar max två veckor.«

»Säger de verkligen det?«

»Inte ordagrant, men det är tydligt att det är det de menar.«

»Själv hade jag inget annat val än att ringa dig.« Han gör en kort paus efter att ha vågat säga detta. »Att göra det gav dessutom samma känsla som när du föreslog att vi skulle dricka absint. Det var helt oväntat och utanför alla förväntningar om hur universum fungerar att det helt enkelt verkade riktigast att följa med och se vad som skulle hända.«

»Och du blev inte besviken för att det inte hände något mer?« Hon stöder hakan i ena handen och ser ut som om hon försöker avgöra om han tänker tala sanning eller inte.

»Nä«, börjar han. »Jag menar, jo. Eller ... jag vet inte om jag egentligen trodde att det skulle hända något mer.« Nu grimaserar han. »Det var liksom inte en sådan stämning den gången. Jag glömde bort att vara kåt. Jag menar ... Jag minns mest att det var skönt att kunna tala fritt med någon och att jag inte skämdes för det dagen efter.«

Hon håller fast blicken på honom.

»Jag anar att du kanske inte pratar på det viset annars.«

»Knappast.«

»Men med mig gick det bra?«

Han nickar.

»För att du trodde att du inte skulle träffa mig igen?«

»Nej, inte därför.« Han blir sittande med blicken bredvid henne, innan han fortsätter. »Det var snarare att det bara var där och då som betydde någonting. Det var fritt i stunden, om du förstår vad jag menar.«

»Aha.«

»Dessutom ville jag träffa dig igen. Vi är ju här nu.«

»Det har du rätt i«, säger hon, sätter sin andra armbåge på bordet och för ihop händerna genom att fläta fingrarna i varandra. Nu ler hon. »Då måste jag ha tagit mig hit frivilligt också.«

»Det får jag väl hoppas.«

»Eller också drömmer du bara alltihop, och inget av det här händer på riktigt.« Hennes vita tänder glänser.

»Klipp till mig direkt, så att jag vaknar! Då ska jag ringa dig och fråga om du vill ses här i dag klockan fyra.«

»Skulle du det?« Hon lägger huvudet på sned och ger honom en mer utforskande blick.

»Självklart!« Han svarar utan att behöva tänka. Det är en övertygelse som är ny för honom.

»Jag tror att det blir mer spännande utan örfil«, säger Laura med ljus röst, rätar på huvudet och lägger armarna i kors på bordet. »Om du bara drömmer, kan du ju se det här som ett genrep så du vet vad du ska säga, när du träffar mig på riktigt.« Hon ler. »Eller också kan du prova att säga precis vad som helst till mig och se vad som händer.« Hennes ögon glittrar.

Han sitter tyst och ser på henne.

»Du är verkligen speciell. Det är därför jag ville träffa dig.« Han talar långsamt som om han ville att orden skulle höras ordentligt.

Laura fnissar.

»Du ser mest förvirrad ut.«

Han nickar långsamt.

»Men jag sitter kvar. Jag har inte rest mig upp och rusat ut härifrån.«

»Men du verkar överväga det.« Hon ler på nytt och tar en klunk ur sin kopp. »Valet är fritt, men bestäm dig snabbt så jag vet om jag ska prata med dig eller njuta av min dubbelespresso ostörd.«

Han tittar på henne. Noterar att någon slår sig ner vid bordet bredvid. Stålsätter sig för att inte titta åt det hållet. Nu måste han säga någonting. Det första han kommer på.

»Gillar du espresso?«

»Det är en kär last jag har. Hemma har jag mokabryggare, fast det blir ändå inte samma sak med en sådan. Så jag dricker mest vanligt kaffe till vardags och espresso vid högtidliga tillfällen, eller som nu när jag får en som har gjorts på rätt sätt.«

»Du låter som en av mina gamla kompisar, som ville bli kaffeberoende när han var sexton.«

»Varför ville han det?« Hon lutar sig en aning närmare honom.

»För att han ville bli rockstjärna. Killen spelade gitarr i ett band, och till hans bild av att vara rockstjärna hörde att vara kaffeberoende. Han började alltså dricka två kannor kaffe om dagen. Hade med sig kaffebryggare till skolan. När det blev någon längre rast tog han fram bryggaren ur sitt skåp, kopplade in den i skolans eluttag och bryggde kaffe varje dag.«

»Och vad hände?« Laura tittar på honom.

»Tja.« Andreas drar på det. »Till slut blev han verkligen kaffeberoende och kunde inte vara utan. Då var han nöjd.«

»Var kom du från någonstans, sa du?« Hon rör inte en min, men hennes ögon har vidgats lite.

»Landet«, muttrar han till svar och tittar åt sidan. »Charlottenberg i Värmland. Det ligger tyvärr inte tillräckligt långt bort från den här staden.«

»Är de sådana hemma hos dig?« Hon tvingar honom att titta på henne igen.

»Den killen var väl en av de få som var lite originella. Dessutom bor jag inte där längre utan här i Göteborg.«

»Var exakt?«

»Olofshöjd.« Han får mer energi i rösten. »I ett studentrum på den charmerande adressen Motgången.«

»Inte det mest inspirerande namnet, va?«

Han skakar på huvudet.

»Jag bor i en Göteborgsvits.«

Laura fnissar till.

»Och förutom det är det som att få en stämpel på sig; Motgången är mitt hem, liksom. Det är bara att försöka skratta åt eländet.«

Hon viftar med sitt pekfinger.

»Eller flytta.«

»Fast det fungerar att bo där. Och jag ska ju inte stanna för alltid.«

»Men du kan väl se till att trivas där du bor. Eller bo där du trivs.«

»Det skulle nog krävas en helt annan ekonomi för att ordna drömboendet i den här staden. Nu har jag åtminstone utsikt.«

»Själv skulle jag inte få plats med mina saker, om jag bodde mindre än vad jag gör nu«, säger Laura och suckar samtidigt som hon ler.

»Och du har ändå egen lägenhet i Linné. Det är ju där folk *vill* bo.«

»Vägen dit har inte varit spikrak, men visst har jag haft tur som har fått tag i den.«

»Då är frågan om du har skaffat lägenhet för att få plats med dina saker, eller om du har skaffat många saker för att du har en lägenhet, där du får plats med dem.«

Hon skrattar och tittar ner i bordet på ett sätt som närmast får henne att se blyg ut.

»Den frågan är omöjlig att svara på«, säger hon innan hon tittar upp på honom igen. »Livet låter sig inte alltid förklaras med antingen eller. Då har jag ändå rotation på mina saker och gör mig av med dem jag inte behöver.«

»Apropå det, vad var det du pratade om att bränna tavla?«

Hon lyfter sina båda händer med handflatorna mot honom och ser sig omkring med uppspärrade ögon, innan hon vänder sig mot honom igen.

»Jag har en hemlig karriär som tavelmörderska.«

Hon tittar på honom efter sin utläggning om mördade tavlor.

»Du då, har du själv inga knäppa intressen eller någon mörk sida?«

Han harklar sig.

»Det fanns liksom ingen riktig plats för det, där jag bodde. Jag hade säkert behövt avreagera mig genom att spela i punkband eller så, men förutom svårigheterna att hitta några att göra det med, skulle det finnas en massa människor som hade *åsikter* om det. Jag hittade väl aldrig min egen grej.«

»Men *någonting* gör du väl?«

»Jag tycker om att lyssna på utflippad musik. Och så fick jag idén av en bok att protestera genom att göra något meningslöst, äta glass utomhus på vintern till exempel.«

Hon lägger huvudet på sned.

»Jag anar någon form av säkerhetsventil här.«

»Det är just att det är oväntat som är poängen. Alla tror att de vet hurdan jag är, vad jag ska göra, vad jag ska tänka och så vidare. Det blev min hemliga sida, som inte angick någon annan. Tänk att ens få känna något som ingen annan förväntar sig av en. Då är man fri.«

Han lägger märke till sorlet från människorna runt omkring. Har han sagt för mycket nu? Kommer hon att säga tack för kaffet och försvinna ut ur hans liv lika fort som hon kom in i det? Men hon ser inte ut att vilja gå, utan hon sitter kvar. Kanske berättade han det här redan första gången de sågs. Han minns inte.

Hon lägger sitt ena ben över det andra.

»Hur är det att bo på korridor då? Får du något privatliv?«

»Oftast«, svarar han. »Fast man hör genom väggen när grannen knu… har intimt umgänge.« Nu har han definitivt sagt för mycket.

Hon stöder hakan i handen igen.

»Det gillar du, va?«

»Det beror på vilket humör jag är på«, svarar han och tittar bort. »Oftast är det bara störande.«

»Frustrerad?« Hennes leende verkar närgånget efter den frågan.

»Egentligen inte. Det är bara det att man vill välja själv, när man ska lyssna på sådant.«

»Så kan det förstås vara«, säger hon och rätar på sig. »I ett hus där jag bodde tidigare, mötte jag en dag granntanten i trappan. Och apropå ingenting sa hon till mig 'Jag hör så bra.' och log lite.«

Han är tyst några sekunder.

»Det var onekligen diskret av henne«, säger han till slut. »Tänk om din granne hade varit någon annan då.«

»Om det hade varit en gubbe, hade han förmodligen *bara* lett när han såg mig. Utan att säga något.«

»Förmodligen.« Andreas pressar fram ordet och anstränger sig för att inte skratta.

Men det går inte.

»Jaså, *det* var roligt?« Laura drar sig bakåt och korsar armarna framför sig medan hon sätter näsan i vädret.

Andreas fortsätter att skratta innan han harklar sig.

»För att återgå till ämnet studentkorridor«, säger han överdrivet formellt, »så är jag redan less på att dela kök. Man får nästan aldrig vara i fred, och ingen bryr sig om något mer än sitt eget. Om två personer har använt spisen samtidigt, torkar de båda av *exakt* runt sin egen platta och inget mer.«

Laura lägger armarna på bordet framför sig och lutar sig mot honom.

»Då är det onekligen en frihet att ha ett eget kök. Om jag vill, kan jag låta disken stå och passera den med ett demonstrativt 'Ha!' och dricka champagne i stället.«

»Kanske inte det fräschaste, men jag förstår dig.«

»Det handlar inte om att låta allt förfalla utan mer om friheten att kunna välja tidpunkt själv.«

Han nickar.

»Du verkar inte riktigt heller vara typen som ställer disken i badrummet och sköljer av den samtidigt som du duschar.«

»Gud nej!« säger hon och ryggar tillbaka. »Gör folk det?«

»Jag har bara hört rykten. Det kanske inte är mer sant än historien om studenten som fick skörbjugg efter att bara ha ätit makaroner i alla år men skulle ha klarat sig om han hade haft ketchup också.«

Laura tittar ut i luften.

»Kanske man i rent vetenskapligt syfte skulle prova det där med duschen någon gång för att se om det fungerar.«

»Varför det, snälla du?« frågar han och liksom skakar fram orden.

Hon tittar på honom igen.

»Jag tror inte att det blir tillräckligt rent. Men säker kan jag ju inte vara utan att ha utfört kontrollerade experiment.«

»Det tar emot att se det här framför mig.«

Hon spänner ögonen i honom.

»Exakt vad är det du ser framför dig, mig naken?«

»Trampande i smutsdisk.«

»Du skulle ändå inte titta på mina fötter.«

»Jag vill inte att du ska skära dig.«

»Badtofflor!«

»Ja, men då så.« Han nickar för sig själv och sjunker ihop en aning.

»Så du kan lugnt titta någon annanstans.« Hon ler så där underligt igen.

Den där toppen hon har på sig sitter inte tight men låter honom ändå ana tillräckligt av hennes former. Det är vackert när kvinnor inte klär sig bylsigt utan låter något av sina egna kurvor märkas.

»Hej! Mina ögon är här uppe«, hör han henne säga och känner hennes hand under sin haka.

»Skyll dig själv, när du säger som du gör«, svarar han när han fått ögonkontakt igen.

Hon tar bort handen men sitter kvar på samma avstånd. Ler fortfarande.

»Ibland tar jag risker.«

Kapitel 3

Den där dagen sitter jag mitt emot dig och vet inte vart jag ska ta vägen. Vet knappt om du är på riktigt eller inte. Ändå förstår jag att något helt nytt håller på att hända.

Under mina första veckor i Göteborg ett halvår tidigare undrade jag om någon mer än jag själv ville att jag skulle vara där. Det fick bli upp till mig att se till att det blev så. Jag lärde känna mina kursare, och jag lärde mig att hitta genom att gå vilse. Bara att kasta sig ut.

På ett sätt var det lätt att vara modig innan det fanns några förväntningar att leva upp till.

»Hur gick det med tjejen från Pustervik?«

Där kom det.

Andreas skruvar på sig där han sitter bredvid Knut i sittgruppen på Handelshögskolan. Föreläsningen ska snart börja.

»Vi sågs och drack kaffe.«

»Och?«

Andreas tar ett djupt andetag.

»Men hur är hon?« frågar Knut och lägger in en prilla.

»Knäpp.«

Knut tittar på honom utan att säga något.

»Man kan kalla henne egensinnig«, fortsätter Andreas, medan han tittar ner i golvet framför sig. »Hon gör som hon vill. Kommer med massa sexanspelningar hela tiden, medan hon verkar säga något helt oskyldigt. Som om hon ville se om man tål det.«

Knut skrattar medan han lägger snusdosan på bordet.

»Här är det visst öppet mål!«

Andreas tittar upp.

»Öppet mål är nog det sista man tänker på, när man träffar henne.«

»Ska ni ses igen?« Värst vad Knut är påstridig.

»Jag vet inte.«

»Men varför inte?«

»Hon är skön och verkar samtidigt ändå fel. Konsttjej som pratar passionerat om färg klockan två på natten och har lägenheten full med antika prylar, inklusive ett frenologihuvud i hallen.«

»Men du vill träffa henne igen?«

»Ja, det är klart!«

»Då så!« Knut låter som om saken är klar.

Andreas tittar på sina fötter, som han drar fram och tillbaka längs golvet.

»Tänk om jag blir kär i henne!«

»Du är på allvar rädd för att bli kär i någon som du redan gillar?«

Andreas tittar upp. Tror Knut på allvar att han är dum i huvudet?

»Jag har inte sagt något om att jag gillar henne.«

Knut lutar sig bakåt och ser nöjd ut.

»Du verkar mer förtjust än vad du vill visa.«

Det märks på honom alltså? Går han omkring och ser lycklig ut utan att veta om det? Knut av alla människor har blivit något slags relationsrådgivare. Vart har den Knut tagit vägen som dricker öl i bastun och som man sjunger »Den runkande spårvagnschauffören« tillsammans med?

»Så du tycker att jag ska?«

»Vad kan gå fel liksom?«

»Jag kan tänka mig massor med saker som kan gå fel.« Andreas tittar ner igen. »Jag undrar redan vad jag håller på med.«

»Träffa henne igen«, säger Knut och lägger upp armen på ryggstödet. »Blir det inget mer på några dejter så lägg ner det hela. Men händer det något så häng kvar och se vad det ger. Skiter det sig, kommer du ju i alla fall inte att träffa henne här på dagarna i sju terminer till.« Knut vänder ansiktet mot korridoren som är full av Handelsstudenter i rörelse.

Andreas mobil piper till, och utan att tänka sig för rycker han upp den ur fickan och tittar på meddelandet.

»Det är hon«, säger han så nonchalant han kan och med blicken fäst på displayen.

»Nå?« frågar Knut till slut med visst tryck i tonfallet, medan Andreas fortfarande sitter tyst och läser.

»Hon vill ses igen«, säger han med blicken fortfarande på mobilen.

Det stramar i kinderna.

»Vad är ni egentligen för typer som läser juridik?« Laura stoppar en bit chokladfudgetårta i munnen, där de sitter på Kafé Vanilj nära Domkyrkan. För att vara ett ställe som hon har föreslagit är det riktigt ljust och hemtrevligt.

Andreas sitter tyst en stund efter Lauras fråga, innan han börjar prata.

»En del typer verkar ha valt den finaste utbildningen de kunde komma in på. Antingen bli jurist eller läkare, liksom.« Han dricker lite kaffe. »Vissa andra verkar vara idealister och tror väldigt mycket på sin egen förmåga att förändra världen.« Laura ler, medan Andreas hämtar andan.

»Sedan finns det en tredje grupp, som redan nu verkar vara blivande politiker och som mest behöver ett verktyg för det de egentligen ska syssla med. Och vissa verkar ha valt juridiken för att den är bra att ha för deras framtida business. För all del är det också mycket fokus på affärsjuridik här vid Handels.«

Han tar en bit av sin egen chokladfudgetårta. Laura hade alldeles rätt i att den är god.

»Här har vi någon som tycker om att analysera!« säger hon och flätar ihop sina fingrar. »Och vilken grupp tillhör du?«

Han skakar på huvudet medan han fortfarande har tårta i munnen.

»Ingen«, säger han efter att ha svalt det sista. »Det finns nämligen också de som inte drivs av något sidospår utan som i stället läser juridik för att det är just jurister de vill bli. Där har du mig. Jag vill förstås att examen ska öppna dörrar för mig i framtiden så att jag kan välja liv själv. Ska bara hitta mitt område att specialisera mig inom.«

»Man väljer inriktning under tiden alltså?«

»Om man hittar något man brinner extra för, ser man till att bli särskilt bra på det. I alla fall är det så de säger att det går till. Men jag är först i familjen med att studera, så jag har inte sett det själv än.«

»Först?« Laura skiner upp och tittar på honom igen. »Då är väl dina föräldrar stolta över dig?«

»Tvärtom«, säger han och grimaserar innan han hinner tänka sig för. »De tycker att jag gör mig märkvärdig som måste studera, och att jag gott kunde stanna hemma och ta ett riktigt jobb i stället.«

»Vad trist!« Hon drar tillbaka huvudet en aning.

»Men jag har insett att det är det här jag vill göra, och ibland är det bra med press. En gammal skolkamrat till pappa är advokat i Stockholm. Honom har jag kunnat prata med och be om råd.«

Laura lutar sig framåt igen.

»Du tror inte att dina föräldrar är lite stolta i alla fall?«

»Då skulle de väl ha önskat mig lycka till, när jag åkte.«

Orden var onödigt hårda för ett tillfälle som det här, och ämnet är helt fel.

»Hur trivs du i Göteborg?« frågar Laura efter en stunds tystnad. »Du har inte sagt särskilt mycket om det.«

»Det tar sig.« Munnen formas till ett flin. »Staden har ju sina klara fördelar.«

»Och om vi då bortser från möjligheten att träffa mig«,

säger hon och skjuter in ett sådant där utmanande leende, »vad är det då du gillar här?«

Han trummar med fingrarna mot bordet och ser sig omkring.

»Framför allt att man kan välja vart man ska gå. Det finns mer än ett ställe av varje sort, och man måste liksom inte nöja sig med byns enda pizzeria, om du förstår vad jag menar. Och det finns möjligheter till kvalificerade jobb här efter examen, plus närheten till havet. En direkt kontakt med resten av världen.«

Laura fortsätter att titta på honom som om hon väntade på att få höra mer, och henne kan han berätta saker för.

»Den första dagen när jag kom hit med bara min ryggsäck och hade fått nyckeln till rummet, kände jag för första gången att världen låg där utanför och väntade på mig och att jag bara hade att gå ut och ta för mig.«

Hon ser honom rakt i ögonen.

»Och vad gjorde du då, när du gick ut och erövrade världen?«

»Åt pizza. I Nordstan.« Han blundar. Hör hur torftigt det låter.

»Säg att du skojar!« Laura skrattar och kastar huvudet bakåt.

Andreas skakar på huvudet. Kan bara le åt situationen.

»Tyvärr inte. Till mitt försvar ska jag säga att jag inte hittade särskilt bra i stan.«

»Gjorde du något mer?« frågar Laura i ett mjukare tonfall och med hakan stödd i ena handen igen.

Han rätar på sig.

»Dagarna innan terminen började, rörde jag mig helt fritt. Då vandrade jag omkring inne i centrum och upptäckte nya ställen. Och så hoppade jag på valfri spårvagn utan att ha planerat vilken. Det var något befriande över att ingen visste var jag var – inte ens jag själv. Jag kunde åka precis vart jag ville.«

»Och var hamnade du någonstans?«

»Ingen aning.«

De tittar på varandra och börjar skratta samtidigt.

»Det var ju tur att du hittade tillbaka då«, säger Laura och trycker sitt underben mot hans under bordet. Han drar sig inte undan. Inte hon heller.

»Vi ska inte fortsätta någon annanstans?« frågar Andreas utanför kaféet och med Laura en halv meter ifrån sig.

Hon skakar på huvudet.

»Inte den här gången. Jag har faktiskt en annan sak att göra men ville träffa dig först.«

»Verkligen?« Han ler snett.

»Mamma kommer på besök. Det är kanske lite tidigt för dig att träffa henne redan nu.« Hennes ansikte spricker upp i ett leende som verkar glatt och trotsigt på samma gång.

Han skrattar.

»Det var ju omtänksamt av dig.«

»Sådan är jag. Tro det eller ej.« Hon skjuter fram hakan.

Han kliver aningen närmare henne.

»Jag är inte riktigt säker på dig än.«

»Då får du bli det illa kvickt.«

»Fredag?«

»Ring, så kommer vi på något.«

Hennes ansikte närmar sig hans. Han sträcker sig fram och kysser henne. Hennes läppar är mjuka. Han vill ha mer. De drar sig tillbaka och ser på varandra. Det verkar finnas något nytt i hennes blick. Sedan tar hon ett steg bakåt, snurrar runt och börjar gå. Efter några steg vänder hon sig om och ler. Visste hon att han stod kvar och tittade efter henne?

Att träffa dig var underligt i början. Det verkade inte spela någon roll att vi inte kände varandra; det kändes bara rätt att vara med dig – fast det var obegripligt varför. På ett sätt var det som om det inte gick att göra fel tillsammans med dig.

Efteråt, när vi hade sagt adjö och skilts åt, kunde jag undra om det hela hade varit på riktigt eller var jag hade befunnit mig de senaste timmarna.

Ibland funderade jag på om något var fel, när allt var oförklarligt bra. Om det bara kändes bättre än det egentligen var. Eller om magin skulle försvinna, när vi lärt känna varandra.

Kapitel 4

»Jag har nog alltid älskat färg, både att se den målad på duk och att själv blanda till den.«

Andreas håller båda händerna om tekoppen där han sitter uppkrupen bredvid Laura i hennes hårda tvåsitssoffa. Är det verkligen bekvämt att sitta som hon gör med ena benet invikt under det andra?

»Färgen är instrumentet som konstnären gestaltar sin idé med, och att själv blanda till färg från grunden är i sin tur hantverket som ger förutsättningarna. Det är något sensuellt över att tillverka färg med sina händer. Förr gjorde konstnärerna det själva. Visste du det?«

Andreas skakar på huvudet, medan Laura tar en klunk te.

»Det är inte säkert att jag kommer att använda mig av det i jobbet. Det beror på vilken bransch jag hamnar i. Men att själv blanda färg enligt gamla recept gör mig till en del av konsthistorien.« Hon ler och nickar i riktning mot det lilla arbetsbordet, som är fullt med flaskor, tuber, burkar med pulver, plus redskap att blanda med.

Allt detta för att han bad henne berätta vad hon tycker om. Men det är behagligt att lyssna på henne.

Hon ser på honom igen.

»Som konservator får jag befria målningar från missfärgningar och skador och se till att det som inte ska vara där försvinner. Och samtidigt ska mitt arbete vara så perfekt att det utmärker sig just genom att inte märkas. När den som tittar inte tänker på i vilket skick målningen är utan bara ser motivet utan några mentala filter – då har jag gjort ett bra jobb.«

Hon lägger huvudet på sned och tittar rakt framåt. Hennes bara hals lyser nästan vit.

»Konstnären hade en idé i huvudet om sitt verk, och tack vare sin hantverksskicklighet kunde han realisera den. De som såg målningen, såg precis vad han ville att de skulle se.« Hon talar liksom drömmande och rakt ut i luften. »Decennier eller sekler efteråt får jag vara den som tar bort det som är i vägen för att en nutida betraktare så långt som möjligt ska kunna se samma sak. Verket talar självt, som det en gång var skapat att göra. Och jag är den som har gjort det möjligt.«

»Det låter rätt bra.«

»Jag ser fram emot att få bli den sortens medskapare.« Hon dricker en klunk te igen, makar på sig och sträcker fram sitt invikta ben och hamnar lite närmare honom. »Nu blir det ju inte bara publika konstverk jag får syssla med utan även privatägda och sådana som förvaras i magasin, otillgängliga för de flesta. Och när jag arbetar med dem, kommer jag att få röra vid dem, känna på dem, komma närmare konsten än vad någon annan får göra.« Hon sträcker ut sin högra hand åt hans håll och stryker med handflatan i luften, som om det fanns ett konstverk där. »Det – och att blanda färger – innebär att få uppleva konst inte bara med synen utan också med min hud.«

Han tittar på henne utan att säga något. Hon skrattar till.

»Drömmen vore att en dag hitta en försvunnen eller

okänd Rembrandt och vara den som återför den till världen.« Hon låter barnsligt och oförstört lycklig.

»Varför just Rembrandt?«

»För hans sätt att måla ljus och skapa djup i bilden! *Chiaroscuro*, som det kallas.« Hon vänder sig mot honom. »Rembrandt målar ljuset och döljer ljuskällan. Har du aldrig tänkt på det?«

Det är kanske inte ens meningen att han ska svara.

»Allra helst skulle jag nog vilja ha min Rembrandt hängande hemma hos mig utan att berätta det för någon, i alla fall inte till en början.« Hon tittar mot taket. »Om mitt ägande blev allmänt känt, skulle jag aldrig ha råd med försäkringen.«

Hon ställer ner sin tomma kopp på golvet, sätter sig upp igen med vänster armbåge på ryggstödet nära honom och stöder huvudet mot handen.

»För övrigt anser jag att måleriet som hantverk började förfalla i och med att konstnärerna slutade göra sina egna färger och i stället började köpa färdiggjorda utan att tänka närmare på det. Kombinera fel material med varandra så bryter målningarna ner sig själva genom att färgerna helt enkelt rinner av. Tack för att ni gör mitt arbete omöjligt!«

Det är lätt att se framför sig hur Laura står och blandar färg enligt recept ur en stor gammal skinnklädd bok, som ligger uppslagen framför henne. Förmodligen befinner hon sig även i ett tornrum på ett medeltida slott, när hon gör det. Eller i det där bayerska sagoslottet.

»Men om du nu tycker om gamla färgrecept men inte kommer att använda dem särskilt mycket i ditt jobb, ska du inte bli konstnär i stället och måla själv?«

Hon spritter till och lägger handen på hans axel med en teaterharkling.

»Konstnär är jag ju redan«, svarar hon med en helt annan sorts energi än nyss. »Jag måste göra något med färgerna jag blandar, och dessutom tycker jag om att måla för att det är befriande. Och jag behöver ändå kunna alla delar av målerihantverket.« Hon tar sig upp ur soffan och går med snabba steg bort till tavlorna som står lutade mot väggen. Vad hennes höfter svänger härligt när hon går! Hon kommer strax tillbaka med en oinramad halvstor tavla, som hon håller i båda händerna.

»Här är mitt senaste mästerverk, som jag har målat i olja och med kniv. Det heter 'Älg på myr VII'. Vad tycks?«

Duken är täckt av tjocka lager blandade färger. Det syns inget konkret motiv alls.

»Älg på myr?« frågar han till slut. Titeln i sig verkar obegriplig.

»Ja, samma namn som kitschmålningarna i postorderkatalogen, du vet. Min är väl bättre?«

»Men den *föreställer* ju ingenting«, försöker han protestera.

»Nä«, kvittrar hon tillbaka. »Namnet är en del av konstverket. När folk i framtiden ser mina verk utställda kommer de att undra: 'Varför heter det så?' 'Är hon galen?' 'Ett geni?' Stor konst väcker frågor hos betraktaren, vet du väl.«

»Om det här är nummer sju, hur många 'Älg på myr' har du gjort?«

»Bara den här!«

Han sjunker tillbaka i soffan. Laura ställer ner tavlan mot väggen.

»Som jag sa, jag målar för att det är befriande.«

»Jag tror dig.« Han nickar med ögonen slutna och skrattar för sig själv. »Jag kan inte annat.«

Hon sätter sig i hans knä. Huden på hennes hals doftar

svagt som av färska blommor. En ny förnimmelse av henne. Han vill ha mer.

Hennes ansikte är nära, när hon till slut talar.

»Är det dags?«

Det känns som tidig morgon, när Andreas vaknar i den breda sängen, men väckarklockan på nattduksbordet visar tjugo över nio. Laura verkar ha vaknat ungefär samtidigt som han, för hon rör långsamt på sig och har ögonen halvöppna.

»God morgon«, säger hon på ett sätt som låter glatt och morgontrött på samma gång.

»Sovit gott?« Så löjlig han är, men vad ska han säga?

Hon fnissar lite.

»Kvalitet framför kvantitet.«

Han skrattar och drar henne till sig.

Hon vänder sig och trycker sin rygg mot honom, där han ligger på sidan, och han börjar smeka henne.

Hon andas i djupa stötar, låter som om hon redan låg med honom igen, och trycker de rätta delarna av sin kropp mot hans. Han håller hårdare om hennes höfter och trycker sig själv mot henne. Hennes mjuka kropp. De gnider sig mot varandra.

Hon ger honom en blick över axeln.

»Det vaknade du till av!«

Han är kvar hos henne. Ingenting av gårdagskvällen var för pinsamt.

»Eller också har jag en väldigt bra dröm«, svarar han och kysser hennes nacke.

»Gör det bästa av den då!« kvittrar hon.

Han kommer in i henne bakifrån. Det går lätt, som om hon hade väntat. Hennes inre verkar redan välbekant. Det är på något vis där han ska vara. Hon stönar för varje centimeter han kommer in i henne. När han har trängt helt in blir han stilla ett litet ögonblick. Sedan är det hon som börjar röra sig först.

Han svarar med att dra henne intill sig och trycka sig själv mot henne på samma gång. Det är som om de redan har lärt sig varandras kroppar och rör sig med samma rörelser – som en kropp. De är tillsammans i den här ljuvligt kåta rytmen. Han blir vansinnigt upphetsad av att titta på hennes ljusa nacke nedanför det mörka håret, medan han rör sig fram och tillbaka inne i henne.

»Å, ja!« stöter hon fram. »Knulla mig!« Att lyssna på hennes andning gör det hela både skönare och mer plågsamt. Hans rörelser blir snabbare och mer ursinniga tills han kommer i henne. Flämtar medan han gör det.

Att börja dagen med att ligga med en kvinna som vill ha honom – varför händer inte det oftare?

De blir liggande stilla båda två, medan han mjuknar inuti henne. Ingen av dem säger någonting, men till slut gör hon sig lös och stiger upp för att försvinna mot badrummet. När hon kommer tillbaka har hon en mörkblå morgonrock på sig.

»Om du duschar, ordnar jag frukost under tiden«, säger hon stående i dörren. »Jag har lagt fram en badhandduk.« Sedan är hon borta igen.

Ingen kommentar om att det är dags att gå hem.

Andreas går ut i badrummet, tvålar in sig, sköljer bort sin egen svett och dofterna av henne. Står och håller könet i handen och ser på det, medan vattnet sköljer över honom.

Torkar sig med en av hennes stora frottéhanddukar och stryker sig själv över kinderna och hakan. Ser på sig själv i badrumsspegeln.

När han kommer påklädd till köket står Laura vid det öppnade skafferiet, medan kaffet droppar ner i kannan på köksbänken. Aldrig har väl en kaffebryggare låtit lika inbjudande.

»Tycker du om råghalvor? Jag brukar rosta dem.«

»Låter bra.«

Han ler fånigt, men det gör ingenting. Det är skönt att vara fånig.

»Sätt dig för all del.«

»Du vill inte ha hjälp med något?«

»Tack, men jag har allt under kontroll«, säger hon och öppnar kylskåpet. »Jäklar!« Hon vänder sig mot honom. »Du tar ändå inte mjölk i kaffet, va?«

»Jo, helst faktiskt.«

»Men nu är du hos mig«, säger hon bestämt. »Sitt ner nu!«

Han sätter sig och ser på medan Laura gör i ordning frukost. I dagsljus märks det tydligare att köket inte är särskilt stort.

Hon slår sig ner mitt emot. Avståndet över köksbordet verkar för kort, trots att de nyss har varit nakna tillsammans.

»Du tycker inte att kaffet är för starkt?« frågar hon efter att han har tagit sin första klunk.

Han skakar på huvudet.

»För jag föredrar mörkrost.«

»Det är bara trevligt att det smakar något.«

Laura breder smör på en nyrostad råghalva medan hon tittar på honom.

»Har du tänkt göra något särskilt i dag?«

»Inte direkt. Jag antar att jag behöver sätta mig och plugga ett tag. Du då?«

»Nä, ingenting. Jag ska väl leka lite med mina färger.«

Hur länge sedan var det han låg tätt intill hennes nakna kropp och var inne i henne, tio minuter? Det är tydligen helt olika saker att föra ett samtal med någon som man inte riktigt känner än och att ligga med henne.

Underligt att det finns ett avstånd mellan dem, trots vad de nyss har gjort.

Till slut har han ätit upp, druckit upp sin tretår och fått slut på samtalsämnen. Han skjuter sin tomma kaffekopp någon centimeter ifrån sig.

»Jag ska nog gå nu«, säger han och ser henne i ögonen. »Inte för att jag vill härifrån, men vi ska väl båda få någonting gjort den här dagen.«

»Ja, det är väl rimligt.« Hon låter tankfull och frånvarande på samma gång.

Han går ut i hallen och tar på sig skorna och jackan. Hon har följt honom dit, och de blir stående tillsammans.

»Hej med dig då!« Han drar henne försiktigt intill sig och kysser henne. Han hade väntat sig en snabb puss, men hon kysser honom tillbaka djupt och länge medan hon trycker sig mot honom. Hela hennes kropp är intill hans. Han dricker av henne.

Hon lösgör sig från hans mun, och de står kvar med armarna om varandra.

»Du får se till att komma iväg, om det ska bli jurist av dig«, fnissar hon. »Det blir ingen snabbis i hallen. Du får ta din erektion och gå.«

Mobiltelefonen börjar kännas klibbig i handen. Andreas sitter vid skrivbordet i sitt studentrum. Han har bläddrat fram Lauras nummer. För länge sedan faktiskt. Det behövs bara en sista knapptryckning för att prata med henne igen. Men vad ska han säga? Är det bättre att inte planera det utan låta allt komma som det kommer? Men tänk om det blir helt tyst? Kanske bäst att ha en plan i alla fall.

Han lägger tillbaka telefonen på bordet och gnuggar sig i ansiktet med båda händerna. Går bort till rumsdörren för att kontrollera att den är ordentligt stängd. Tittar in i det lilla badrummet för att se att ljuset inte är tänt och att kranen inte står och droppar. Kontrollerar om whiskyglasen i bokhyllan behöver putsas.

Han går tillbaka och sätter sig igen. Tittar på telefonen som ligger kvar. Varför är det alltid killen som ska ringa? Om hon vill träffas, kan hon väl ringa själv? Det går inte att plugga, innan han har ringt henne, och när han väl har gjort det, kanske det inte går då heller. Fast det kan vara både för att det gick bra eller jättedåligt. Ödesval!

Han stiger upp igen. Stöder händerna mot fönsterbrädan och tittar ner på trafiken utanför.

Att träffa någon som Laura, som kan säga och göra precis vad som helst, är befriande. För en gångs skull har han hamnat i något utan att ha en aning om hur det kommer att sluta, och saker har fått hända precis som de vill.

Samtidigt är det svårt att förstå vad som händer. Som om han själv egentligen inte var där när de träffades utan befann sig på tryggt avstånd.

Det kanske är lika bra att inte ringa? De har dejtat, och de har legat med varandra. Det var bra, till skillnad mot hur det brukar kunna vara. Det är väl för att han tycker om henne. Om det får vara bra som det är, behöver han inte hamna djupare i någonting som inte går att begripa. Det är förresten svårt att föreställa sig henne som en del av hans liv.

Men han kommer alltid att ångra sig om han inte ringer henne. Undra resten av livet vad som hade hänt om han hade gjort det.

Vad är det värsta som kan hända? Måste han ens veta det?

Laura sitter på den låga muren som omringar kastanjen mitt emot Handelshögskolan, när Andreas kommer ut därifrån.

»Jag var ändå i närheten«, säger hon. Hon är allvarligare än sist. Ler inte.

»Tack för senast«, säger han, där han blir stående en knapp meter framför henne i vimlet av folk.

»Tack själv!«

»Det kändes konstigt att bara gå så där«, fortsätter han. »Jag hoppas du inte tyckte jag var oartig.«

Hon för undan några hårstrån från ansiktet.

»I så fall var väl jag oartig jag också.«

»Jag träffar dig gärna utan att ha bråttom iväg.«

Hon höjer en aning på ögonbrynen.

»Hur menar du?«

»Jag vill gärna fortsätta att träffa dig och lära känna dig mer. Utan att smita undan efteråt.«

»Du smet inte«, svarar hon kort. »Men jag tolkar det som att du inte bara vill ligga med mig.« Hon ler helt kort.

»Klart jag vill – men inte bara.« Han hör sig själv säga det. Var kom fräckheten från? Fast det lät bra!

Han står tyst några sekunder och tar sedan ett steg närmare henne.

»Kan vi gå någonstans?«

De har hamnat på ett ställe som verkar taget ur en reklamfilm för Göteborg. Av någon anledning känner han sig malplacerad. Fast det kanske inte är kaféets fel. Att sitta mitt emot Laura med en kopp kaffe börjar bli en bekant situation, och ändå verkar allt annorlunda den här gången. Oklart varför. Det verkar gälla henne också; hon har varit tystlåten hela vägen hit.

»Kort och brutalt«, säger hon och sätter sina handflator i bordet med en liten smäll, »du vill alltså fortsätta träffas?«

»Ja visst.«

»Och det säger du inte bara för att vara skonsam eller för att du vill i säng med mig igen?«

»Jag vill verkligen träffa dig.« Han lutar sig närmare henne. »Jag blir glad av att vara med dig. Jag vill somna bredvid dig, och jag vill vakna bredvid dig.« Han kramar hennes hand där den ligger. Lite är det också för att lugna sig själv efter att ha hört sig säga det han precis sa.

»Vakna bredvid?« Med hennes ögon på det här korta avståndet, verkar hela hon overkligt nära honom.

»Det är det bästa sättet jag kan säga det på.«

Laura sitter tyst och slår ner blicken. Det ser ut som om hon skrattar till. Sedan tittar hon upp på honom igen.

»I så fall föreslår jag att vi äter frukost ute i morgon.«

Kapitel 5

Laura sitter på Mauritz kaffe med en liten vit kopp framför sig, när Andreas kommer dit efter sitt seminarium i civilrätt.

Borde han kyssa henne? Det är fortfarande ovant att göra det bland folk. Och då har de ändå varit tillsammans i två veckor. För något annat ord finns väl inte?

Han slår sig ner mitt emot henne efter att ha trängt sig fram till bordet, nöjer sig med att le och ska precis säga något om att kaffedoften bokstavligen sitter i väggarna på det här stället, men Laura viftar med båda händerna framför honom.

»Innan du säger något ska du veta att det här är första gången på två dygn som jag dricker kaffe över huvud taget.« Hennes ögon glittrar vid orden. »I nästan två dygn har jag hållit kaffefasta bara för att här och nu dricka denna perfekt tillredda espresso.«

Hon tittar ner på den lilla koppen, som hon tar upp med handen.

»Ingen drog kommer i närheten av den här upplevelsen. Du kom precis lagom för att bevittna något stort.« Hon tar en mycket liten klunk och skiner upp i ett om möjligt ännu större leende än nyss.

»Detta är att leva! Du tittar på en mycket lycklig kvinna just nu.«

Hon sätter ner koppen med en mjuk rörelse och ser på honom på nytt, nu med mer glitter i ögonen.

»Och hur har *din* dag varit?«

Han lägger armarna i kors och ser på henne med ett småleende.

»Rätt lugn jämfört med din. Ingen abstinens i alla fall.«

Knäpp är nog fortfarande det ord som beskriver Laura bäst. Det låter i alla fall bättre än galen.

Ändå sitter han med henne för att han vill det. Av de tjejer – eller rättare sagt *kvinnor* – han har varit med, är hon den som får alltihop att verka nytt; med henne är det som om allt sker för första gången.

Det är säkrast att ingen ber honom förklara hur han kunde veta att han ville lära känna henne första gången han såg henne. Det är egentligen osannolikt att de alls har träffats. Men det är bara att vänja sig vid tanken att han inte måste förstå allt.

Laura verkar upprymd efter att ha brutit sin kaffefasta. Hon tittar på den fortfarande inslagna chokladrutan som hon håller mellan tummen och pekfingret.

»Det är när choklad smälter i munnen, som man märker kvaliteten«, säger hon. »Billig choklad lägger sig som en hinna över hela munhålan och kapslar in allt i en smak av vaniljsocker. Bra choklad löser upp sig i munnen och smakar *mer*. När den möter min saliv och min kroppsvärme, blommar den upp och växer sig större. Det är först i min kropp som den existerar på riktigt.« Hon tittar på honom efter de orden, och ler ett leende som skulle passa bäst i hennes sovrum. »Och det är också det som är syftet och meningen med just den här chokladbiten«, fortsätter hon. »Den lever upp just när den börjar förgås inuti mig. Och när den har löst upp sig och försvunnit, sitter eftersmaken i länge. Det är också ett kvalitetstecken.«

Hon blundar medan hon skalar bort pappret och kastar huvudet bakåt när hon stoppar chokladen i munnen. Han ser på medan hon uppenbarligen låter två kvadratcentimeter mörk choklad bli ett med sin kropp.

Är hon den han kommer att vilja leva med på lång sikt? Det är svårt att veta. Inte för att han inte vill tänka på det, utan för att det är svårt att veta hur framtiden kommer att se ut över huvud taget.

Fast framtiden kanske kommer att påverkas av att han *har* träffat henne.

Hon har svalt det sista av chokladen och ser oförskämt belåten ut över hela situationen.

»Om du inte ska ha något själv, kan du komma med mig när jag handlar«, säger hon från andra sidan bordet och reser sig upp. När de ska gå, sträcker hon på sig och viskar i hans öra:

»Och bara så du vet, har jag svarta spetstrosor på mig.«

»Jag blir lugn av att krama om dina bröst.«

»Jag tycker snarare du ser upphetsad ut.« Laura skrattar där hon står framför honom i sitt sovrum och bara har de svarta spetstrosorna på sig.

Han blundar ett kort ögonblick och ser henne sedan i ögonen.

»Inser du hur svårt det är att hålla sig, när vi möts ute bland folk?«

»Ja-a!« svarar hon och ler med en liten nickning.

»Och din rumpa ska vi inte tala om!« säger han med en tung utandning, medan hans händer letar sig dit och greppar tag.

»Det är roligt att se dig frustrerad. Det är rätt smickrande också.«

Han får inte fram några ord. Grymtar bara.

»Tänk vad förargligt!« Hon lägger huvudet på sned. »Du kan inte komma in i mig, för det är tunt svart tyg i vägen. Inte kan du göra någonting åt det heller.«

Att dra ut på det hela är ljuvligt plågsamt.

Hon sätter ihop sina händer bakom hans nacke.

»Säg vad du vill göra med mig.« Hon ser honom i ögonen och gnider sig mot honom.

»Kasta omkull dig i sängen och knulla dig.«

»Och det tror du jag går med på?« Hon gör sig lös och sätter händerna i sidorna medan han bara kan stirra på henne. »Du får uttrycka dig mer fantasifullt, om du ska ha någon chans.«

Han drar henne intill sig, böjer sig framåt och kysser hennes ena bröst. Han skulle vilja kyssa hela hennes kropp samtidigt.

»Kvinna!« Han närmast stöter fram ordet, när han till slut har munnen fri. Det är det enda han kan säga, men att säga det är som att andas ut.

Befrielsen i att vara naken med Laura. För varje gång blir han lite mer fördärvad, men det är nog det han vill.

Han sträcker på sig och håller om henne hårt, ser in i hennes ljusa ögon nedanför den mörka pannluggen.

»Att röra vid dig är som att röra vid *dig.*«

Hon ler fortfarande men ser nyfiken ut.

»Ja, vad skulle det annars vara?«

Efteråt kommer Laura tillbaka från badrummet, klädd i vit pyjamas. Vitt får henne att se bedrägligt oskuldsfull ut. Men det klär henne det också. Att hon tänker sova påklädd bredvid honom är måhända en subtil signal om att det inte kommer att hända något mer för tillfället.

Hon kryper intill honom och ler på ett sätt som får henne att se lycklig ut på ett närapå barnsligt sätt. En enorm kontrast jämfört med hennes ansiktsuttryck för bara en liten stund sedan. Kanske oskuldsfullheten kommer av att hon vågar vara sårbar med honom.

Hon sluter ögonen när hon lägger sig på sidan, vänd mot honom.

»Jag känner mig så vacker, när jag är med dig.«

Men hon är ju vacker. Behöver hon honom för att känna sig sådan?

»Orgasmer gör mig snäll«, tillägger hon efter en stund och med sömnigare röst. »Det är tur att jag har dig.«

Andreas ligger med blicken mot taket. Om det är förvirrande och overkligt att träffa Laura, så är det i de här stunderna han känner sig mest verklig. Som om detta är det enda som egentligen spelar någon roll i livet.

Laura kan få fördärva honom hur mycket hon vill. Han är gjord för att vara nära henne – och inne i henne. Han är sig själv tillsammans med henne utan att behöva förställa sig eller fundera på när det är dags att gå hem.

Att vara med henne gör någonting med honom – vad det nu finns för ord för det.

Nästa morgon ligger han vaken och ser på Laura där hon sover med ansiktet vänt mot honom. Han skulle kunna ligga bredvid henne på det här viset länge.

Hennes kind är mjuk under hans hand.

Hon slår upp ögonen och närmast ryter:

»Väcker du mig? Du är *ond*!« Hon snor runt ett halvt varv för att hamna med ryggen mot honom, samtidigt som hon drar med sig täcket och lämnar honom utan.

Hon somnar om omedelbart. I alla fall verkar det så. Han tänker inte luta sig fram för att kontrollera saken närmare.

Med bara kalsonger på sig och med en sängplats utan något täcke återstår inte mycket annat än att kliva upp. Han går ut i vardagsrummet, sätter sig i hennes soffa och bläddrar i en av hennes tunga konstböcker. Det blir för all del mer att han tittar på bilderna än läser.

Det kanske har gått en knapp timme, när han hör ljud som tyder på liv. Laura kommer ut i sin pyjamas och slänger sig ner bredvid honom.

»Sitter du här alldeles ensam?« Hon låter sömndrucken och har inte ögonen helt öppna.

»Jag var vaken. Och du körde ut mig.«

»Gjorde jag?« Hon gäspar och böjer sig framåt och skrattar. Det låter mest som en kraftig utandning genom näsan. Hon ser på honom igen.

»Jag är morgontröttare än morgontröttast. Det är mitt normaltillstånd. Ibland kan jag vakna upp och vara i form och vilja ha dig genast, bara för att du finns där, men bli inte besviken om det inte händer *varje* morgon.« Hon stryker honom över håret. »Ger du mig kaffe på sängen, lovar jag att jag blir glad av det, även om det inte syns på mig omedelbart.«

»Säkert?« frågar han och tittar under lugg.

»Så gott som alltid.«

»För jag blev rätt skraj av ditt morgonhumör.«

»Välkommen till parlivet!«

Det fanns en ny lockelse hos dig, när jag lärde känna dig. Det var som om hela din kropp ordlöst sa »Kom och se mig på nära håll, om du har modet.« Jag uppfattade det aldrig som en varning, avsedd att skrämma bort mig, utan som om du verkligen ville veta om jag vågade komma nära, och att du ville få veta eftersom du innerst inne önskade att jag skulle stanna kvar.

Det var åtminstone vad jag själv ville tro.

Du blev lugn av att jag inte skrämdes bort av dig. Det verkade få dig att själv närma dig.

En gång när vi som vanligt drack för mycket vin, skämtade jag om att jag förmodligen var för dum för att bli rädd för dig, och att jag kanske rentav hade blivit paralyserad och inte kunde rymma, trots att jag borde. Du svarade att jag minsann inte alls stod stilla, utan tvärtom fortsatte längre in och hela tiden sökte mig närmare dig.

Så var det. Jag ville komma nära dig och hade en känsla av att jag borde veta varför.

Kapitel 6

»Det här ser ju inte alls så illa ut!« Laura ser sig om när de har vandrat upp till Olofshöjd efter hennes föreläsning på Humanisten. »När det blir maj, kommer det att märkas ännu mer att det är gott om grönområden här.«

»Du har inte sett min korridor än«, svarar Andreas och tittar mot sin intetsägande tegelvägg.

»Jag är inte överdrivet känslig.«

Kanske inte, men hon är ett och ett halvt år äldre än han, har egen lägenhet i Linné och kanske kommer att se honom på ett annat sätt, om hon tycker att han bor sunkigt.

Laura verkar ändå känna sig som hemma i hans rum och slår sig ner på sängen. Blir sittande med ryggen lutad mot väggen och med fötterna uppdragna. Hon ser mystiskt tankfull ut, när hon sitter på det där viset. Andreas slår sig ner bredvid henne och räcker henne ett av två fyllda whiskyglas.

»Skål och välkommen då.«

»Skål!«

Hittills går det bra, även om det är ovant att se henne här.

»Som sagt«, han sveper med blicken över skrivbordet, bokhyllan och den upptejpade Göteborgskartan, »det är inget märkvärdigt, men det fungerar.«

Laura vrider på huvudet och ser sig om.

»Japp, inredningen följer standardformulär 1A för studentrum.«

»Det är åtminstone inte bara det färdiginredda, för några småsaker har jag tagit hit själv.«

»Jag ser att du har tagit ner porraffischerna inför att jag skulle komma.«

Han grimaserar.

»Jag har inte ens några.« Han lägger ena pekfingret under hakan och låtsas fundera. »Fast det skulle kanske liva upp det hela. Vid närmare eftertanke har jag nog alltid velat ha den där genuina bilverkstadsstämningen där jag bor.«

»Jag tror kanske inte riktigt att du skulle vara helt övertygande i rollen som bilmekaniker«, säger hon och låter bestämd.

Han vänder sig mot henne.

»Men konstnär då?« Han gestikulerar med sin fria hand och börjar tala någon sorts imiterad akademikerskånska:

»Det är inte porren i sig som utgör konsten, utan det viktiga är *reaktionen* som den framkallar hos åskådaren i ögonblicket. Mötet mellan den utsatta människan i det kala rummet och det utstuderat pornografiska materialet på väggarna utgör själva *installationen*. Det är den som säger något om oss alla och om vår ensamhet i universum.«

»Konstnär passar dig bättre«, säger Laura till slut, när hon har skrattat färdigt. »Trivs du här annars?«

Han dröjer med svaret.

»Det är okej. Du ser ju själv hur det ser ut, men det är tak över huvudet och nära till stan.«

»Och så har du sprit hemma.« Hon tittar åt bokhyllan med flaskorna och glasen. »Där det finns ett hem, där finns det sprit.«

Hon får det att låta poetiskt.

»Single malt. Juristdricka, du vet.«

Laura tar en ny klunk whisky och tittar över axeln mot väggen som hon stöder ryggen mot.

»Det är lite lömskt att ha sängen stående vid väggen. Det hörs så bra till grannen då.«

»Jo, jag har märkt det«, muttrar han.

»Kanske läge att ge igen?« Hon vänder sig mot honom med sitt oanständiga leende.

»Helst inte faktiskt. Jag har ingen lust att bjuda på sådant. Det är något jag vill ha bara för oss två.«

»Det behöver ju inte vara på riktigt. Vi skulle kunna fejka något, som låter snuskigt. Ta i ordentligt med en massa rekvisita och så.«

»Hur menar du?«

Hon börjar guppa upp och ner i sängen och slår med knytnäven på väggen bakom sig. Med lite fantasi låter det som om de tumlade runt i hans säng rätt hårdhänt. Samtidigt börjar hon stöna och stöta fram repliker:

»O ja, ta mig där. Med *elvispen*. Turbo!«

Han skrattar och skakar på huvudet.

»Du är ju inte klok!«

»Nä jag vet«, svarar hon självsäkert, där hon nu sitter stilla igen och ser honom i ögonen. »Stör det dig?«

Konditori Brogyllen är bara halvfullt den här tiden på dagen. Andreas sitter vid ett fönsterbord och ler åt minnena av att äntligen ha fått besudla sitt studentrum tillsammans med Laura.

Hon är hemma hos sig och har börjat bygga på en trämodell, som hon ska lämna in som antagningsprov till konservatorsutbildningen. Men det passar honom bra att sitta ensam på kafé för att få vara i fred med sina tankar.

Att lättsinniga val kan få långsiktiga konsekvenser har han hört så många gånger. Men nu är hans föräldrar på långt avstånd, det är faktiskt hans eget liv det handlar om, och ingen har blivit gravid.

Att sitta här med en antologi med kärleksdikter, får honom antagligen att se ut som en typisk förälskad ung man, men då får det vara på det viset. Det är skönt att som omväxling läsa text som inte ska beskriva någonting exakt och otvetydigt utan snarare väcka känslor och associationer.

Det är dessutom en befrielse att se att någon annan har *skrivit* om känslor, att det har funnits någonting att förmedla. Att andra som upplevt något liknande som han också har hittat orden för det. Han vill också ha ett språk för sitt nya liv.

Många dikter är oväntat erotiska, men det gör dem snarare mer levande. Det är trots allt kroppslig kärlek som de handlar om. Om erotiken bara beskrivs på rätt sätt, blir det tydligen finlitteratur av det hela.

»Yngling med hämningar och själskonflikter blev botad när han såg en kvinna naken.« Hjalmar Gullbergs ord kunde ha varit skrivna för honom. Hans benägenhet att grubbla för mycket sjunker tillbaka, när han får vara nära Lauras hud, och att vara med henne har fått livet att bli större.

Han borde sluta tänka så mycket och knulla mer.

Ordvalet får honom att skratta för sig själv.

Men vem är Laura egentligen? Är hon den som ska vara en del av hans liv, en kvinna man gifter sig med?

Han fortsätter att läsa:

Vi böjer inte knä för någon präst.
Vi avger inga trohetslöften just.
Så lyder eden vid vår bröllopsfest:
Jag älskar dig, så länge jag har lust.

Den strofen verkar vara diktens viktigaste och kräver att läsas om flera gånger. Är texten menad att vara cynisk eller kärleksfull? »Lust« kan ju betyda olika saker – glädje, kåthet, eller att bara tycka att någonting är roligt – och beroende på den tänkta betydelsen får dikten helt olika innebörd. Så här skulle man aldrig skriva en lagtext!

Han skulle vilja ha mer kaffe men sitter kvar med boken uppslagen.

Kanske måste han inte vänta tills det känns rätt att presentera Laura för någon annan. Kanske behöver han inte bry sig om vad han ska kalla henne eller vilket ord som är det rätta. Kanske allt han behöver säga är: Det här är Laura.

Klockan har passerat tolv, och de ligger fortfarande kvar i Lauras säng i stället för att stiga upp och bli samhällsnyttiga medborgare. Hennes vardagsrum är ändå ockuperat av den där modellen som hon bygger på inför sin antagning. Han får inte röra den och helst inte titta på den heller, för då skulle han säkert göra sönder den.

Laura ligger på rygg med blicken mot taket, och Andreas ligger på sidan och ser på henne. Det är alldeles tillräckligt just nu. Hennes vita pyjamas har legat slängd på sovrumsgolvet några timmar.

»Har du kul?« Hon låter mest förtjust, när hon frågar.

»Det är väldigt behagligt att vara i en situation, där jag kan titta på dig ogenerat och det liksom inte gör någonting.«

»Kompenserar du för något?«

»Jag snarare avdramatiserar din kropp. Om jag kommer ihåg hur du ser ut utan kläder, behöver jag inte fantisera om det när jag ser dig bland folk.«

Hon skrattar och skakar på huvudet.

»Titta då, om det hjälper.«

»Fast när du är påklädd, är du lockande på ett annat sätt. Det är som om du har hittat din personlighet i kläderna, och då vill jag se på dig för att jag är fascinerad.«

»Som den där gången i läsesalen.« Laura vänder huvudet mot honom. »Jag var nästan besviken över att du inte kom fram för att prata.«

»Vad skulle jag ha sagt då?«

Hon ler på sitt belåtna sätt.

»Det hade du fått komma på själv.«

»Men då hade du ingenting emot att jag tittade?«

»Jag hör en pollett trilla ner här«, säger hon och knackar med pekfingret mot hans tinning.

»Jag tänkte att det ändå skulle vara genomskinligt och föreställde mig att det skulle vara fult att visa sina begär öppet. Jag nöjde mig med att titta i smyg.«

»Trodde du, ja!«

Han grimaserar och tar ett djupt andetag.

»Du är underbart sensuell. Av dig själv liksom. Samtidigt har du en integritet som gör att man ändå inte vågar komma för nära. I alla fall inte innan man känner dig.«

»Jag är nog sensuell för min egen skull«, säger Laura med blicken mot taket. »Jag mår bra av det. Vulgär är inte min grej. Det kan vara kittlande att ta i *lite* för mycket någon gång, men det är allt.«

Andreas ligger tyst.

»De flesta tror nog att det är ytligt att bry sig om sitt yttre«, fortsätter hon, »men det är precis tvärtom. I alla fall för mig.«

Medan Andreas har hämtat pizza till dem, har Laura tagit på sig sin pyjamas. Hon kallar det en lagom arbetsfördelning. Fast hon har för all del också ställt fram tallrikar och en av sina vinflaskor på köksbordet.

»Det är skönt att vi är förbi romantisk middag-stadiet och kan käka pizza tillsammans«, säger Andreas, när han har ätit upp sin första bit. »Fast egentligen har vi väl aldrig ens varit där.«

»Så du vill inte äta romantisk middag med mig?« Hon tittar upp på honom medan hon fortsätter att äta.

»Jo, någon gång när det hela inte verkar lika stort och märkvärdigt och jag inte heller måste bekymra mig för vad det kostar. När jag inte behöver försöka göra intryck utan vi bara kan vara just romantiska, då skulle jag vilja göra det.«

»Det är bra att du inte vill göra dig till för mig.« Laura ser nöjd ut, och han ler tillbaka.

»Det är ingen idé att försöka imponera på dig. Du genomskådar sådant.«

»Därför är jag glad att du inte gör dig till«, säger hon medan hon klipper loss en ny bit pizza och lägger på sin tallrik.

»Jag tror jag skulle känna det som om jag spelade någon annan«, säger han och sitter stilla. »Att göra mig till för dig för att imponera är att spela en roll, som inte är min.« Han är tyst en stund. »Dessutom är jag väldigt nöjd med att vara tillsammans med en kvinna som jag kan sitta och svulla med på det här sättet.«

»Varför krångla till det, liksom«, säger hon och rycker på axlarna utan att möta hans blick.

»Du, jag, pizza, vin: Det är allt som behövs!«

Laura småler och får någonting i blicken.

»Och kanske någonting ovanpå detta.«

»Om du säger det så ...« Han talar dröjande och ser sig omkring med stora ögon.

»För själv skulle du förstås aldrig komma på sådana tankar!« Hon ler desto större, lutar sig fram och slår honom på axeln.

»Vem, jag?« säger han och håller upp båda händerna. »Jag tänker väl aldrig på snusk.«

»Tänker du på känslor då?«

»Det ingår, naturligtvis«, skyndar han sig att säga.

»Och vad är det för känslor som ingår?« Nu verkar hon inte vilja släppa honom.

»Att jag är lycklig tillsammans med dig«, säger han och blir stilla igen. »Du förvirrar mig ibland, men det gör ingenting. Eller också har jag bara blivit härdad nog att gilla det.« Han skrattar. »Det känns bra med dig, och det räcker långt.« Han sitter tyst och ser på henne innan han fortsätter. »Jag har aldrig träffat någon som dig, och jag har heller aldrig varit på samma sätt med någon som jag är med dig.«

»Jag gillar det jag hör.«

»Jag tror att det är du som har gjort mig säkrare.«

Laura gör en snabb huvudskakning.

»Har du det i dig så har du. Jag kan inte uppfinna något hos dig.«

Hon får det att låta enkelt. Det är nästan störande att hon

kan sammanfatta hans funderingar och samtidigt komma med svaret på dem utan att verka anstränga sig.

När han har ätit upp, sneglar han på hennes orörda halva pizza som ligger kvar i kartongen.

»Du ska inte ha resten av din?«

»Nej, ta du, men fyll på vin åt mig.«

Han häller upp åt henne.

»När ska vi träffa varandras familjer då?«

»Helst aldrig«, hör han sig själv säga och slår flaskan mot glasets kant. »Jag menar, jag kan väl träffa din familj om du vill, men du får gärna slippa att träffa min.«

Laura greppar om foten på sitt glas.

»Den dagen jag träffar dem, kommer du nog inte att tycka att det är något speciellt märkvärdigt med det. Och innan dess behöver du ju inte bry dig.«

Andreas står på knä i hallen för att knyta sina skor. Laura har stått där ett tag utan att säga någonting.

»Du är inte särskilt förtjust i att prata om dina föräldrar?«

Han fortsätter att titta på sina skor, medan han knyter dem.

»Får man fråga varför?«

»Fråga får du, men det är inte säkert att jag svarar.«

Laura lägger armarna i kors.

»Varför vill du inte prata om dina föräldrar?«

Han reser sig upp och ser på henne.

»De är tråkiga.«

»Skäms du för dem?« Hon står väl nära inpå honom när hon frågar.

»Inte riktigt«, svarar han, »men jag tycker att de aldrig har förstått mig.«

Laura rycker på axlarna, fortfarande med armarna i kors.

»Du är här. Det är inte de. Gör vad du vill.« Hon låter som om hon verkligen ville övertyga honom att det var enkelt. »För det beror väl inte på mig?«

Han skakar på huvudet, drar fingrarna genom håret och masserar sig själv i nacken.

»Jag behöver bara ha ett visst avstånd till dem. Få leva mitt eget liv utan en massa hänsyn.«

Laura nickar.

»Låter bra.«

Han ser henne i ögonen.

»De ser mig på *ett* sätt. Allt jag gör som avviker från det blir alltså *fel* enligt dem. Om jag inte träffar dem alltför ofta, kan jag väl stå ut med att de har en uppfattning om mig som inte stämmer. Men i mitt liv, som jag själv vill ha, ska de inte ha någon stor plats. Helst ingen alls faktiskt. Och jag tycker inte att de har något med dig att göra.«

Hon smeker honom över kinden.

»Du lever under tiden också.«

»Du då? Har du aldrig velat slippa dina föräldrar?« Han nästan sliter fram orden.

»Jo visst.« Hon har fortfarande samma lugna tonfall. »Och jag flyttade hemifrån för flera år sedan. Men jag älskar dem förstås och träffar dem gärna för att de är de de är. Men jag behöver inte leva tillsammans med dem för det.«

»Älskar? Det är stora ord.«

Laura höjer på ögonbrynen.

»Vad skulle jag annars säga?«

»Möt mig på Järntorget 18:00 i morgon! Ta med vin!«

I Lauras textmeddelande kan det finnas vilka dunkla avsikter som helst. Men hon kanske är klar med sitt modellbygge.

Han är på plats den utsatta tiden. Står vid fontänen och väntar med ryggsäcken på medan han tittar på stenläggningen, tittar på människorna som rör sig och på spårvagnarna som med ett skärande gnissel rullar in till hållplatsen. Laura kommer gående mot honom ungefär samtidigt som han vänder sig om och ser åt hennes håll.

»Vad är planen?« frågar han efter att de har kysst varandra.

»Vi ska fira att jag har lämnat in mitt arbetsprov i dag. Det gör vi genom att inte prata om det utan flumma i stället. Som rektia göteborgare, änna!«

»Tror du att vi två lurar någon?«

Hon smackar med läpparna.

»*When in Rome, do as the Romans do.*«

»Blev trämodellen bra?«

»Den snyggaste kyrkport i miniatyr du kan tänka dig! Målad med mina egna temperafärger.«

»När får du veta hur det går?«

»Om några veckor. Men nu, när jag inte kan göra mer,

vill jag bara släppa alltihop.« Hon skrattar. »Och jag vill att du hjälper mig att glömma genom att fylla på mitt vinglas hela kvällen. Men först ska vi få ett nytt perspektiv på tillvaron.«

»Vart ska vi?«

»Skansen Kronan. Har du varit där uppe förut?«

»Faktiskt aldrig.«

Det där knubbiga stentornet uppe på Skansberget syns överallt i de här delarna av staden. Andreas har sett det från fönstren i Handelshögskolans trapphus också, men han har aldrig brytt sig om att ta sig upp dit.

Laura får glitter i ögonen.

»Då blir det ännu bättre.«

Vägen uppför berget visar sig vara brantare än vad han trott.

»Du valde inte det mest lättillgängliga stället«, säger Andreas och måste sedan ta ett djupt andetag.

»Du ska få se att det är värt det«, säger Laura, där hon går framför honom. »Och så farligt är det inte!«

»Det kan du säga, som inte bär på vinet.«

»Men du är ju man och ska ha trettio procent mer muskler än jag«, säger hon medan hon vänder sig om. »Dessutom tycker jag om att höra dig flåsa.«

Han flinar mot henne.

Till slut blir vägen mindre brant. De passerar genom en liten portal och är äntligen uppe på en plan yta.

»Njut av utsikten.« Laura sträcker ut båda armarna. »Den har vi gjort oss förtjänta av.« Hon snurrar runt ett varv med armarna utsträckta och sjunger sedan svagt:

Ifall du knegar opp
till Skansen Kronans topp,
du får en liten utblick över stan.

Andreas står still och tittar på henne.

»Vad var det?«

»Detta, min gode man, var början på 'Knô dej in', om den sången möjligtvis är bekant.«

Han skakar på huvudet och ser sig omkring. Laura hade alldeles rätt i det där med utsikten. Staden ligger som ett stort modellbygge nedanför dem. Han kan se långt in mot centrum och älven. Nästan alla kvarter där nedanför verkar ha jämnhöga hus med röda tak.

Han tar ett djupt andetag och småler.

»Mäktigt!«

»Där ser du! Du ska lita på mig.«

Efter att ha gått ett varv runt fästningstornet, hittar de en ledig plats i gräset i riktning mot kvällssolen och slår sig ner på hans utbredda jacka. Nedanför dem breder stadens västra delar ut sig med sina stora stenhus, de två kyrkorna i väldigt olika stil och ännu fler stora hus längre bort på höjderna. Långt borta till höger syns Sjömanstornets kolonn med profilen av den spanande sjömanshustrun.

Laura klappar händerna.

»Nu ska vi ha vin! Vill min herre vara god och öppna den första flaskan.«

»Det ska bli«, svarar han och gräver fram en flaska ur ryggsäcken. Han skruvar av korken på rödvinsflaskan, häller upp en skvätt i ett plastglas och räcker över det till Laura.

»Vill mademoiselle provsmaka?«

Laura sköljer runt vinet i munnen innan hon sväljer det.

»Mm, det smakar tydligt rödvin«, säger hon. »Mörka körsbärstoner med en nyans av Dr Martens-kängor i storlek fyrtiotvå samt ett stänk grillkrydda.« Hon fäster blicken i fjärran. »Jag skulle säga att vinet precis blivit drickbart men absolut måste drickas upp före i morgon.«

Andreas fyller hennes glas och sedan sitt eget.

Hon tar en större klunk och tittar sedan på honom med en sömnig blick.

»Är det någonstans man ska fyllna till tillsammans, är det väl här.«

De sitter tysta. Laura till höger om honom med fotsulorna i marken och knäna uppdragna mot hakan. Hon ser mer tankfull ut än vanligt. Kanske tänker hon på hur det ska gå med arbetsprovet, men om hon inte vill prata om det, tänker han inte ta upp ämnet.

Han fyller på deras nästan tomma glas och tittar bort över staden igen. Åt det här hållet är Göteborg ett böljande landskap.

»Man ser långt, och ändå syns inte ens havet«, säger han. »Det är som om staden aldrig tar slut.«

»Ett liv bakom varje fönster där nere«, säger Laura med en nick mot alla stora hus nedanför dem. »Vi blickar ner över många människoöden just nu.« Hon låter stilla – nästan sömnig – när hon talar.

Han tittar ner framför sig. Tända fönster. Släckta fönster.

»Några där nere …« börjar han men avbryter sig själv.

»Vad?«

»Jag tänkte säga att några av alla där nere måste älska med varandra samtidigt som vi sitter här.«

»Och för dem som gör det, är det viktigare och verkligare än allt annat«, säger Laura i samma tonfall som nyss. »Men sett härifrån är det bara ett fördraget fönster, ett bland tusentals andra.«

Det är svårt att riktigt greppa tanken att det pågår så många liv nedanför dem i det här ögonblicket, och att allt händer inom synhåll för dem men att de ändå inte kan se eller förstå någonting utav det.

»Bakom ett annat fönster gråter någon«, säger Andreas. »Och bakom ett tredje ser man på tv och bryr sig inte om resten av världen.«

»Men vi är här«, svarar Laura.

»Ja, vi är här.«

De tystnar. Fortsätter att se ut över Göteborg. Andreas fyller på sitt vinglas, sitter med det i handen utan att dricka. Vänder sig mot Laura.

»Jag undrar hur många par som har suttit tillsammans här uppe genom seklerna.«

»Det är nog ganska många. Vem kan liksom motstå att dela utsikten med den man vill dela säng med?«

Hon sjunger igen:

Och ser du västerut,
där himlen tycks ta slut,
du skymtar Vinga fyr liksom en prick.

»Fast det gör man ju inte alls«, tillägger hon med svagare röst.

Hon blir tyst och ser frånvarande ut igen. Eller är det drömmande? Hon rättar till håret medan hon kisar västerut som om hon försökte få syn på något. Sedan vänder hon huvudet mot honom igen och ser på honom utan att säga någonting.

De dricker långsammare än tidigare, som om det inte bara var vin de drack utan även av stämningen i små, små klunkar. Han lägger armen om henne, och hon lutar sig mot hans axel. Blundar.

Han skulle kunna sitta här med henne länge. Bara finnas bredvid henne, känna henne andas och vara nöjd med att ha henne nära.

Han har ingenting att säga. Han vänder sig mot Laura och rufsar till hennes hår i nacken.

»Försöker du väcka mig?« Hon skrattar och ser verkligen ut att precis ha vaknat.

»Jag ville göra *någonting.*«

»Och det där var det bästa du kom på?«

»Kanske.«

Laura sträcker på sig.

»Tycker du om staden?«

Han ler för sig själv.

»Härifrån ser den hanterbar ut. Och den ser nästan ut som ett naturlandskap – fast byggt av människan.«

Han vänder sig framåt.

»De där två kyrkorna är mäktiga även när man tittar på dem härifrån.«

»Visst är de. Och byggda i helt olika stil.«

»Den ena vacker, den andra skrämmande«, hör han sig själv säga.

»Skrämmande?« Laura låter genast klarvaken. »Kan du förklara hur du menar?«

Han tar en ny klunk vin, som om det skulle hjälpa honom att hitta orden.

»De ser båda ut som två stora borgar. Den närmaste, den som ligger nära din gata ... Nu har jag glömt namnet bara för det.«

»Oscar Fredrik!«

»Tack! Den ser ut som ett sagoslott, eller åtminstone som om man hade velat bygga ett palats. Här bor den vackra prinsessan och allt det där. Men långt där borta«, han nickar i riktning mot den bortre kyrkan, »där ligger den mörka mystiska borgen. Den är inte byggd för att vara vacker utan för att stå stadig. Den är hemlighetsfull.«

»På vilket sätt?«

Han har aldrig tänkt på det tidigare. Har aldrig blivit berörd av att se den förrän nu. Kanske han kommer på det genom att säga vad som faller honom in utan att tänka först.

»Den gömmer en djup hemlighet«, börjar han, »en hemlighet om mig själv. Jag är den ensamme riddaren som måste lämna tryggheten och bege mig dit, ta mig längst in i den där mörka borgen för att hämta något – eller för att förstå något. Det är inte säkert att jag kommer levande därifrån, men ändå måste jag dit.«

»Associerar du till *det*, när du ser Masthuggskyrkan?« Lauras röst är allvarlig.

»Jag hade nog inte kunnat sätta ord på känslan utan vin och utan att ha dig att berätta för. Jag hade nog inte ens fått känslan heller.«

»Vad är det som du ska finna djupt där inne?« frågar hon stilla.

Han skakar på huvudet.

»Vet inte. Jag har bara en känsla av att jag *borde* veta.«

»Nå, min grubblande riddare«, säger Laura i ett helt annat tonfall samtidigt som hon rör vid hans axel, »i kväll är inte tidpunkten att färdas till mystiska borgar. Finn i stället en hemlighet om dig själv här tillsammans med mig.«

Hon kysser honom länge. Sitter alldeles stilla. Hennes kropp andas liv, när han håller om henne.

»På det viset?« säger han, när deras munnar till slut har skilts från varandra.

Hon nickar hastigt.

»Visa mig vem du är.«

Han drar henne tätare intill sig medan hon flyttar sig och hamnar nästan mitt emot honom. Han kysser henne tillbaka, men kan inte vara lika behärskad som hon. Känner hennes andning mot sin kropp än mer. Sakta böjer han sig fram och kysser hennes nacke. Hon vrider på sig, lätt kvidande.

Han vill inte hålla någonting tillbaka men lyckas ändå hejda sig med en kraftansträngning. Han sträcker på sig och lägger sin panna mot hennes.

»Du lockar fram antingen det bästa eller det sämsta hos mig.« Hans röst är dov. »Jag är inte säker på vilket av dem det är.«

Jag har länge haft en diffus föreställning om att jag behöver söka ett svar och att det kommer att vara krävande, att priset kanske rentav är att sökandet kommer att behålla en del av mig. På något sätt är det som om jag alltid hade vetat att jag behöver ett sådant svar för att komma till rätta med något mycket grundläggande och nå en klarhet över vem jag är och vad jag ska göra.

Jag har varit rädd för att bli galen. Att jag beger mig djupt in i något som jag aldrig kommer ut från. Att det är mig själv jag försvinner in i.

En återkommande dröm jag haft länge är att jag vandrar omkring i en stad och letar efter någon. Vem jag letar efter, ska jag förstå först när jag ser henne. Men hon finns inte bland människorna jag möter. Inget ansikte är det rätta. Och inget av namnen i trappuppgångarna är rätt.

Kapitel 7

»Hur kommer det sig egentligen att du har lägenhet i Linné?«

De sitter uppkrupna i Lauras soffa med var sitt glas Pimms, något som Laura presenterade som engelsk aristokratisk fruktbål.

»Jag samlar på saker och behöver plats för dem, som du vet.« Laura tar en klunk. »Nå, lite mer seriöst behöver jag viss ro i att få bo kvar på ett och samma ställe. Att flänga runt blir tröttande i längden, och den livsstilen fungerar liksom bäst när allt man äger får plats i en ryggsäck. En liten ryggsäck alltså.«

»Men hit kom du väl inte direkt?«

Hon skakar på huvudet.

»Nä, jag har flyttat runt en hel del i stan. Det är just därför jag vet att det är tröttande att leva på det viset.« Hon börjar tala snabbare. »Ett tag bodde jag i andra hand i Kungshöjd. Visst, det lät som ett bra läge, centralt i stan och allt det där, men det var en etta där persiennerna måste vara ständigt fördragna så att det inte skulle synas att det bodde någon där. Man fick inte det, nämligen. Strömmen kom från en sladd som hade dragits in genom dörren. Man kan säga att jag inte stannade där särskilt länge.«

Andreas sitter tyst medan Laura dricker upp det sista ur sitt glas men lämnar kvar fruktbitarna.

»Och eftersom jag hela tiden har haft vissa planer på att stanna här i och med konservatorsprogrammet, tyckte mina föräldrar att jag kunde få bo på ett och samma ställe och ställde upp som borgensmän, när ett förstahandskontrakt blev ledigt här i huset.«

»Det var väldigt generöst av dem.«

»De tyckte att jag behövde bo ordentligt – och det tycker jag också. Det blir liksom lättare då.« Hon sträcker sig efter kannan. »Nu är det ju inte säkert att jag går vidare i antagningen och kommer in på programmet i år«, säger hon medan hon häller upp till sig, »och då måste jag vänta tre år på nästa chans.« Hon rynkar pannan. »I så fall får jag komma på något att göra under tiden. Jag har åtminstone någonstans att bo. Ska du ha mer?«

Andreas nickar. Tre års väntan på att kanske bli antagen, och Laura verkar ta det med ro. Men hon är också den som alltid kommer på något. Om hon inte måste vara kvar i Göteborg och vänta i tre år, kanske hon försvinner härifrån.

»Jag reser gärna runt och sover på en madrass hos folk, när jag hälsar på«, säger hon medan hon ställer tillbaka kannan på det lilla åttkantiga bordet bredvid soffan, »men hemma vill jag slippa att välja mellan att ha ljuset tänt eller kokplattan påslagen.«

»Du som verkar så bohemisk!«

Hon småler och skakar på huvudet.

»Det är lättare att vara avslappnad, om man slipper att vara orolig hela tiden. Försök själv att vara spirituell samtidigt som du är magsjuk och har tandvärk så får du se hur lätt det är att över huvud taget tänka.«

Andreas skrattar.

»Det är samma sak att inte känna ro i sitt eget hem«, fortsätter Laura. »Ingenting blir på riktigt, för oron lägger sig i vägen för allt.«

Han dricker i stället för att svara. Är Laura den som oroar sig? Det är inget som syns på henne.

Hon lyfter upp sitt ena ben i soffan och viker in det framför sig.

»Du själv då? Vill inte du bo ordentligt?«

»Det är ett framsteg i sig att slippa att bo hos föräldrarna. Men det skulle förstås vara skönt att ha sitt eget kök också. Ibland undrar jag om snabbmakaronerna uppfanns med tanke på oss som tvingas dela kök och vill bli färdiga där så snabbt som möjligt.«

»Du vill inte ha människor för nära inpå dig, med andra ord?«

»Oftast inte. Jag har svårt att vara mig själv bland fel människor.«

»Lider av andras förväntningar? Aldrig provat att bryta mot dem?« Hon sätter ner sitt glas på bordet bredvid sig.

Andreas grimaserar.

»Tja, vad skulle jag ha gjort? Det förväntas av en att göra revolt när man är yngre, men alla tonårsrevolter verkar vara förutsägbara enligt någon mall, som alla tydligen måste följa. Jag tyckte aldrig att jag skulle kunna göra uppror med mina egna ord, utan att jag i så fall skulle behöva låna någon annans. Någon som inte var jag, om du förstår vad jag menar.«

Laura rynkar pannan och ser ut som om hon tänkte efter.

»Du menar att det inte är någon idé att göra personligt uppror på ett sätt som någon har sagt åt en att göra«, säger hon till slut. »Låter för all del rimligt.«

Han skiner upp.

»Min främsta revolt är att ha flyttat hemifrån med målet att bli någonting och aldrig behöva flytta tillbaka.«

»Du skulle hellre bo i den där ettan i Kungshöjd än att flytta tillbaka hem?«

Han nickar.

»Jag skulle ta mig vidare därifrån så fort jag kunde, men jag skulle inte flytta hem med svansen mellan benen och säga att jag är tillbaka, att jag misslyckades ute i världen. De omkring ska inte få säga 'Vad var det vi sa!'«

»Du är hård mot dig själv.« Hennes röst är svagare än vanligt.

»Ibland behövs det för att jag ska komma framåt.«

Laura sitter orörlig.

»Tröttnar du aldrig på att vara pessimistisk?«

»Det är faktiskt en bra egenskap att ha, när man sysslar med juridik. Man kan inte förekomma vad som kan gå fel och vilka de svaga punkterna är, om man är optimist och inte låtsas om riskerna.«

»Det är inte så att du *blir* pessimist av att hålla på med juridik?«

Andreas vänder sig mot henne.

»Det har jag aldrig tänkt på, men jag tror inte det.«

»Det är bara det att du rätt ofta verkar vilja gardera dig mot allt«, säger Laura från sin sida av soffan.

»Jag vill snarare se till att livet inte lurar mig.«

»Vad är det värsta som kan hända då?« Hon drar ihop ansiktet. »Nej, svara inte! Jag vill inte att du börjar fundera på det.«

Andreas lutar sig bakåt och blundar. När han öppnar ögonen tittar han rakt upp i taket.

»Du är för sent ute«, säger han. »Jag har naturligtvis oroat mig för att studierna ska misslyckas och att de där hemma kommer att säga att jag aldrig borde ha försökt. Ett mer realistiskt hot är att det bara ska bli halvbra resultat av alltihop så att jag ändå inte får några bra jobb efteråt.«

Hon säger ingenting men lägger sin hand på hans axel. Det är skönt att hon finns där, men varför måste hon fråga honom om personliga saker när han inte är beredd på det?

»Egentligen är väl det värsta tänkbara att livet aldrig riktigt ska börja«, fortsätter han. »Alla mina skräckfantasier är mest variationer på det. Som student i storstaden långt hemifrån är man fri att göra nästan vad man vill, men på ett sätt verkar det hela för bra för att vara sant i längden.«

Han vänder sig mot henne.

»Ibland verkar det rätt otroligt att du och jag har någonting. Vem vet hur våra liv kommer att se ut om fem år, eller ens om ett?«

Andreas är den som har stigit upp först. Han står framför sängen och ser på Laura, där hon ligger. Det finns något oförstört vackert över henne där hon ler mot honom och där hennes nakna kropp bara är hjälpligt täckt.

»Din kropp är vacker«, säger han till slut – för att alls säga något.

»Tack!« Hennes leende dröjer kvar, och hon ser ut som om hon funderar på om han ska säga något mer.

»Yngling med hämningar och själskonflikter blev botad när han såg en kvinna naken.«

Hon skiner upp.

»Å, jag älskar Hjalmar Gullberg!«

»Har du läst den?« Orden ur dikten fick inte vara hans egna ens ett kort ögonblick.

»'Kärleksroman' är en klassiker i sin genre.«

»Jag kände igen mig i mycket som stod där. Samtidigt undrade jag varför någon annan skulle ha lätt att uttrycka vad *jag* känner. Och på rim dessutom.«

»Det är väl sådant som kallas geni.« Laura smackar med läpparna, sträcker på sig och sätter sig upp i sängen. »Den där dikten handlar inte om oss två, och för mig är det viktigare att du visar vad du känner än att du kan sätta känslorna på rim.«

Andreas flinar tillbaka.

»Sa du något? Jag tittade på dina bröst.«

Laura kastar en kudde i ansiktet på honom.

»Dessutom är det klyschigt att kvinnan måste dö.« Det finns visst eftertryck i hennes röst.

Andreas plockar upp kudden från golvet.

»Att hon offras menar du?«

»Inte precis. Det är klyschigt att det är det enda sättet som han kan få ut henne ur historien. Att hon skulle leva vidare men utan honom blev tydligen för krångligt. Enklast att låta henne försvinna för alltid.«

»Han kanske inte kom på något annat?«

»Men det borde han väl ha kunnat! Allt annat är ju genomarbetat.«

Andreas sätter sig på sängen och lägger tillbaka kudden.

»Tja, när man skrev uppsats i skolan och inte visste hur historien skulle sluta, kunde man ju alltid avsluta med att allt bara hade varit en dröm.«

Laura skrattar.

»Det är samma stil.«

»Och så vaknade jag. Allt hade varit en dröm. Det var dags att stiga upp och gå till skolan.«

Laura fortsätter på den tänkta uppsatsen:

»Men på nattduksbordet stod en röd termos, som inte fanns där i går. Precis en sådan jag hade drömt om.«

»Eller hade jag verkligen bara drömt?« säger Andreas med uppspärrade ögon.

»Da-da-da-daaaaaaaa!« Laura sjunger Ödessymfonins första toner med ett ansiktsuttryck som ska se förfärat ut. Andreas skrattar åt henne och fyller sedan i:

»Hon dog, och jag vaknade ur drömmen. Det är så historien slutar.«

»Vad tror du om att jag kommer upp till Värmland och hälsar på dig i sommar?«

Andreas slinter med smörkniven, där han sitter vid köksbordet.

»Måste du?«

»Du kan väl inte bara jobba och sitta ensam hemma på kvällarna. Dessutom skulle det vara roligt att se dina hemtrakter.«

Hur ska han ta sig ur det här utan att såra henne?

»Det är ingen bra idé. Inte alls.«

»Varför inte?«

»Det skulle bli väldigt fel att ha dig och mina föräldrar på samma ställe.«

»Du är fortfarande övertygad om det?«

»De ska inte få lägga beslag på dig också.« Han trycker i sig en sked yoghurt. »Men jag tänker komma ner hit på helgerna. Du vet att jag hellre är med dig än hos dem.«

»Säg det till dem då.« Hennes blick är fäst på honom över bordet. Uppenbarligen är hon inte nöjd med svaret.

»Jag ska«, säger han och fortsätter att äta.

»Exakt vad ska du säga?« Hon ger sig visst inte.

»Att jag har annat för mig på helgerna och därför hellre är i Göteborg.«

»Förutom att du inte nämner mig alls, utan låter mig bli något annat.«

»Ärligt talat vill jag bara att du ska slippa dem. När jag inte vill berätta om hur jag har det i Göteborg, vill jag helst inte låta dem veta att du finns.«

»Du tycker inte att det är lite sårande?«

Han tittar upp.

»Att låta dig slippa mina föräldrar? Du skulle förstå om du träffade dem, men då skulle det vara för sent.«

Laura lutar sig framåt.

»Du ska inte tänka åt någon annan. Du säger ju själv att du vill forma ditt eget liv. Det kan du inte göra, om du ska låtsas gå kvar hemma, även när du inte är där.«

Han rycker till och drar sig bakåt.

»Ska vi bli osams nu för att mina föräldrar är oförstående?«

»Jag säger bara vad du egentligen redan vet.« Laura låter varken särskilt upprörd eller sårad.

»Och du själv då, bytte du liv när du fyllde arton? Sa att nu är jag en ny människa och gör vad jag vill?«

»Nej, det tog längre tid – och det började tidigare också. Jag tvivlade på många saker om mig själv, men jag har åtminstone alltid vetat att jag inte behöver be om lov för att hitta ett sätt för att *vara* mig själv.«

»Menar du att allt gick lätt?«

»Inte alls. Jag har gått in i dörrar. Ordentligt vissa gånger. Men jag fortsatte att pröva mig fram för att se var jag hamnade och vad jag tyckte om det. Det fanns ingen annan som kunde vara jag åt mig.«

Han tittar ner i bordsskivan. Borstar ihop de brödsmulor han kan hitta och lägger dem på sin assiett.

»Du har redan valt ett eget liv genom att flytta till

Göteborg. Då kan du väl tala om för dina föräldrar att du har en flickvän här. Dessutom vill jag att du står upp för mig.« Hennes röst är fast men ändå mild.

»Hur menar du då?« Han anar redan vad hon kommer att säga.

»Jag vill vara med dig, men jag vill faktiskt också se att du visar någon mer än mig vad *du* vill«, säger hon. »Du vill älska med mig men har hittills inte låtit mig träffa dina vänner. Du vill vara tillsammans med mig men tänker inte tala om för dina föräldrar att jag finns. Var god ändra på det.«

»Det är väl för att jag vill få ha dig i fred.«

»Jag börjar snart tro att du vill ha mig i smyg.«

Han skakar på huvudet.

»Det har bara gått så fort alltihop.«

»Nej, det är du som fattar långsamt.«

Förr eller senare skulle han ändå ha ringt mamma för att prata om det praktiska inför sommaren. Nu när vårterminens sista tenta äntligen är skriven, finns det ingen förevändning för att skjuta upp samtalet längre. Ändå sitter han med telefonen i handen en lång stund. Ute skiner solen, men han har lovat sig själv att inte gå ut i dag förrän han har ringt.

Han reser ju till Värmland i övermorgon!

Laura är hans flickvän som han vill vara med här och nu, därför kommer han att vara i Göteborg så mycket han kan i sommar. Hon är en del av det liv som han vill ha och som han har valt.

Nu ska han bara säga det högt också.

Han har inte sett Laura på flera dagar på grund av sitt tentapluggande. När han träffar henne senare i dag vill han åtminstone kunna berätta för henne att hon nu finns i hans liv officiellt.

Han säger det så nonchalant han kan:

»Jag har en flickvän här sedan en tid tillbaka.«

»I Göteborg?« Mamma ifrågasätter till och med det.

»Ja, var annars? Det är här jag bor.«

»Kommer hon hit också?« Oviljan hörs i tonfallet.

Han drar ett djupt andetag. Mamma förtjänar inte ens att träffa Laura.

»Jag kommer att vara i Göteborg med henne så ofta jag kan i sommar.«

Han blundar. En egendomlig värme sprider sig i bröstet.

»Hade inte jobbet i Arvika redan varit ordnat, hade jag stannat här hela sommaren.«

»Hur länge har ni känt varandra? Det är inte säkert att det blir någonting, menar jag.«

Svaret kommer utan att han tänker efter:

»Det är redan någonting.«

Laura springer fram och kramar om honom, när han möter henne utanför Stora teatern.

»Jag har gått vidare i antagningen!«

»Grattis! Vad händer nu?«

»Om två veckor är det dags för de sista antagningsproven inklusive en intervju. Sedan är det inte upp till mig längre.«

»Om två veckor?« Andreas drar på orden. »När jag inte är kvar här.«

»Nä, jag vet.«

Den här tiden på året är träden nästan för gröna. Att snart skiljas från Laura när sommaren precis har börjat, är tillräckligt vemodigt.

»Jag hade velat vara här, så att du inte var ensam.«

»Jag ska nog klara mig.« Hon ler som om hon fortfarande behövde övertyga sig själv. »Hur gick det med din egen tenta?«

»Bra, tror jag. Men jag gör vad jag kan för att inte tänka på den längre. Jag kan bara vänta på rättningen.«

»Du måste i alla fall inte fortsätta att förbereda dig«, svarar hon med en granskande blick. »Men vad glad *du* ser ut. Har det hänt något?«

»Jag pratade med mamma och berättade att du finns och att vi är tillsammans.«

»Åhå!« Laura spärrar upp ögonen. »Vad sa du då?«

»Som det var. Att jag har en flickvän och att jag tänker vara med henne i sommar så mycket det går. Om mamma inte gillar hur mitt liv ser ut och att du finns här, skiter jag faktiskt i det. Men det sista sa jag inte.«

»Men du sa flickvän?«

»Har du något bättre förslag?«

Hon ser på honom med en finurlig min innan hon ler stort.

Han räcker henne armen.

»Får jag följa min flickvän till Kanold och köpa några hekto praliner till henne?«

»Alltid!«

Kapitel 8

Luften är annorlunda i Arvika. Det kanske är den omgivande skogen som gör det. Eller avsaknaden av hav. Andreas vill inte veta.

Torget erbjuder möjlighet att få lite sol under lunchrasterna. Det är underligt att stå här och se en välbekant miljö och samtidigt inse att den känns helt annorlunda än för bara ett år sedan. Att den inte betyder samma sak längre.

En turist hade förmodligen tyckt att omgivningen var charmig med all värmländska som hörs överallt.

Han plockar fram telefonen; i dag är den stora dagen.

»Hur gick intervjun?«

»Bra. Tror jag.« Lauras röst har en mildhet som tyder på trötthet. »Nu är det upp till dem om de tror på mig.«

»Klart de gör. De kommer inte att våga annat.«

»Här talar vi om att övertyga yrkesmänniskor, men man kan ju hoppas.«

»När får du veta?«

»Mitten av juli. Jag önskar att jag kunde gå i ide till dess så jag slapp att tänka på det. Hur går det själv?«

»Bankjobbet är okej. Lugn dag.«

Han hör Laura hälla upp någonting i ett glas och dricka.

»Exakt vad är det du gör nu igen?«

»Sorterar avtal och hjälper till med att upprätta äktenskapsförord för kunder.«

»Gillar du det?«

Han drar efter andan.

»Det är bättre än att plocka disk. Och det kommer att se bra ut på cv:t.«

»Men du vantrivs i miljön och kan inte säga det högt där du är nu?«

»Stämmer bra det.« Han andas ut tungt. Det är skönt när hon uppfattar även det han inte säger.

»Kommer du hit till helgen?« hör han henne fråga. Han ser sig omkring.

»Den här helgen är det tack och lov ingen släktmiddag som jag inte kan tacka nej till.«

»Jag har själv sjuka arbetstider den här veckan«, säger hon, »men jag kommer hem vid nio på lördag.«

»Vilket slavgöra!«

»Så är det att jobba i både hemtjänsten och delikatessdisken. Jag ska ge igen genom att bränna hela lönen på skor, när jag är i New York i augusti.«

Efter samtalet tar han fram sitt foto på Laura ur plånboken och tittar på det länge. Det är ett passfoto som togs förra sommaren, innan de möttes. Hon är sig lik. Men samtidigt är det att titta på henne tillbaka i tiden, tiden innan han visste att hon fanns. Nu, när hon är en del av hans liv, är det nästan skrämmande med tanken att hon har existerat utan att han visste det.

Att han har levt oberörd av henne.

Efter de två veckorna i Värmland är det Nordhemsgatan och kvarteren i Linné som verkar främmande. Det är som om han inte hörde hemma här heller, trots att han hittar här utan att behöva tänka.

Lauras lägenhet känns som förr, lyckligtvis. Hon ligger på soffan med fötterna utanför kortändan och utan att säga något.

»Det är gott att se dig«, säger hon till slut. »Hade jag inte varit så trött hade jag ridit av dig på golvet. Nu vill jag bara se en dålig film och bli matad.«

»Det är ingen idé att jag gör mig hemmastadd här, med andra ord?« Han sätter sig på golvet och ser på henne där hon ligger.

»Du får gärna stanna, men i kväll är det jag som är asocial. Dessutom åker du väl inte tillbaka förrän sent i morgon?«

De blir halvliggande tillsammans i soffan framför en film där man inte behöver anstränga sig för att förstå handlingen. Ingen av dem är särskilt pratsam; det räcker att veta att den andra finns där.

Är det bara möjligt att vara lyckliga tillsammans, när de är avskilda från världen och det inte finns någon som kan se dem?

»Dags att sova«, säger Laura när hon har stängt av tv:n med fjärrkontrollen. »Och då menar jag faktiskt just det.«

»Jag hade hoppats att du skulle piggna till.«

»Jag vill gärna ha dig bredvid mig, men då får du hålla dig still.«

»Det går nog lättare att somna om jag sover borta hos mig.«

»Jag är ledsen för att jag slänger ut dig tidigt«, säger Laura medan hon sopar brödsmulor från köksbordet, »men jag behöver få saker gjorda i dag.«

»Säger du det, är det väl så«, svarar Andreas. Klockan på väggen visar tio över två. »Ingen idé att bli för fästa vid varandra, när vi ändå skiljs efter några timmar.«

Hon ler snett.

»Det är frustrerande för mig också. Men vi hann åtminstone friska upp våra muskelminnen i dag.«

Andreas nickar mot henne och häller upp det sista av kaffet till sig. När de äntligen ses igen borde det kännas bättre än vad det gör nu.

»Jag kommer i alla fall att försöka vara här på helgerna så mycket det går i sommar. Det händer mer i Göteborg, och rummet på Motgången har jag ju ändå.«

Hon ser honom i ögonen.

»Du tar väl inte illa upp, om jag inte har tid varje helg?«

Han tittar på henne utan att svara. Laura reser sig upp och sätter sig i hans knä. Hennes kropp passar märkvärdigt bra ihop med hans.

»Jag tror ändå«, säger hon, »att vi kan ta vara på den här dagen tillsammans lite till.«

»Antagen!« Laura vrålar i telefonen.

Ordet är fullt begripligt, men det tar ändå en stund för Andreas att komma ikapp och förstå vad hon talar om. Det tar också lite tid att gå till en mer avskild del av banken för att kunna prata ostört.

»Det är klart med konservatorsprogrammet alltså?« säger han till slut.

»Jag har precis slitit upp brevet«, säger Laura i ett aningen mer normalt tonläge. »Intervjun måste ha gått bättre än jag trodde.«

Hon kan inte se att han ler, men han gör det ändå.

»Grattis! Verkligen. Men det är klart att du kom in – med din passion.«

»De närmaste åren är säkrade. Så jäkla skönt!«

Laura brukar inte svära, men det låter ändå naturligt när hon gör det.

»Nu behöver jag inte bygga eget labb hemma i lägenheten«, säger hon och skrattar. »Institutionens utrustning ska nog räcka.«

Två bankanställda går förbi honom i korridoren. Pratar som man gör här i Arvika. Det är inte helg än, och han måste vara kvar här lite till.

»Vi ses hemma hos dig om några timmar.«

»Är du trött?«

Champagnen är urdrucken och popcornen uppätna. Ingen av dem har sagt något på flera minuter.

»Ja, förlåt«, svarar Laura från sin del av soffan. »Det är bubblet kombinerat med avspänningen. Jag var nog mer nervös för antagningen än jag trodde, för nu är jag helt slut.« Hon slänger sig bakåt mot armstödet och tittar halvliggande upp i taket. »En befriande sömn har stigit upp som en dimma ur golvet och håller på att sluka mig. Klockan är halv elva, och jag är färdig.« Hon skrattar för sig själv. »Jag har inte ens gått ut i kväll. Men det har gått utför med mig!«

»Bäst att du kommer i säng då.« Andreas reser sig och hjälper henne genom att dra henne upp ur soffan. Hon blir stående med sin hand kvar i hans.

»Jag vill verkligen bara sova nu.«

»Jag sover gärna bredvid dig«, svarar han. »Jag ska vara så diskret jag kan.« Hon nickar utan att säga något. »Dessutom måste någon se till att du får frukost och kaffe i morgon om du över huvud taget ska vakna igen.«

Hon ler med halvslutna ögon.

»Du vet vad du ska säga. Men nu kommer jag att somna när som helst.« Hon smeker honom över axeln. »Om du vill stanna lite extra i badrummet, innan du kommer och lägger dig, säger jag ingenting om det. Annars ses vi i morgon.«

Andreas nöjer sig med att borsta tänderna.

När han kommer in i sovrummet, sover Laura redan.

När jag låg vaken och du sov bredvid mig, undrade jag om jag var lycklig just då. Det var i så fall en ny innebörd av lycka, eftersom det jag kände inte handlade om mig själv utan om dig. Jag har ofta haft svårt att översätta känslor till ord – eller veta hur känslor, som beskrivs med vissa ord, verkligen upplevs.

Känslan jag fick av att vara stilla intill dig var varken förälskelse eller lust, utan mer som ett stort och djupt lugn, en övertygelse om att allt var bra.

Jag såg på dig, där du låg, och tänkte att jag fick vara tillräckligt nära dig för att uppleva detta.

Kapitel 9

Häromveckan satt han här på den italienska uteserveringen med Laura vid just det här bordet. De flamsade och pratade om vart de skulle resa tillsammans i framtiden.

Nu när han är klar med sommarjobbet, är det i stället hon som är borta. I New York med familjen. Ändå är han hellre här i Göteborg än i Värmland, även om han är ensam; det är trots allt detta som är hans värld.

Hade Laura varit här, hade de kunnat ta spårvagnen tillsammans ut till Saltholmen och solat på klipporna.

Ibland har han tyckt sig se henne på gatan. Egentligen vet han varje gång att det inte är hon, men ändå vill han kontrollera om det i alla fall kan vara henne han ser. Som om det skulle bero på honom om hon fanns där.

Inget nytt meddelande från henne nu heller.

Han saknar henne.

Det är inte bara det att han saknar att vara med henne, utan det är *henne* han saknar. Skillnaden är större än vad den låter.

Han dricker mer espresso och försöker vänja sig vid smaken. Tittar på den tomma stolen mitt emot.

Det har tagit tid att hitta något ord som beskriver känslorna, men *ömhet* är förmodligen det som passar bäst. Det är en betydligt stillsammare känsla än passionen, och snarare än att slita av henne kläderna får den honom att vilja hålla om henne och skydda henne. Inte för att hon skulle behöva det, utan för att han vill.

Fortfarande inget nytt meddelande.

Det där lugnet som brukar infinna sig efter att de har legat med varandra och bara är stilla tillsammans – det verkar ha växt för att finnas där mer eller mindre hela tiden. Samtidigt har det också blivit till något mer.

Det är väl bara att inse läget.

Hur han ska säga det till henne är inte lika lätt.

Det är sen fredagseftermiddag när Lauras textmeddelande kommer:

»Hemma. Kom hit!«

Han är redan på väg. Hemifrån är det nedförsbacke mot stan. Inte ringa nu. Han vill se henne, när han pratar med henne.

Förbi Handelshögskolan, genom Haga med alla shoppare. Se sig om extra noga när han till sist korsar Linnégatan. Det skulle vara typiskt att bli påkörd nu. Tala om antiklimax! Han skrattar åt tanken.

Utanför hennes port stannar han, stöder sig med en hand mot väggen och hämtar andan. Hur snabbt har han tagit sig hit egentligen?

Laura är fuktig i håret när hon öppnar och har på sig sin vita gamla nattskjorta. Det blir en snabb kyss i hallen, men de står kvar och håller om varandra länge. Hennes nattskjorta är underbart mjuk.

»Jag har saknat dig«, säger Laura.

»Och jag dig.«

»Jag håller på och packar upp.«

Det hänger mycket riktigt mer kläder än vanligt i hallen.

Hon ryggar tillbaka en aning och rynkar pannan.

»Vad andfådd du är! Har du sprungit hit, eller är du kåt?«

Han skrattar. De skrattar båda två.

»Vi kan ju ta reda på det.«

Hon skakar på huvudet och gör sig lös ur omfamningen.

»Vi ska inte stanna här. Jag är hungrig och tänker inte ställa mig i köket det första jag gör. Dessutom vill jag gå ut.«

»Cyrano?«

»Blir utmärkt.«

Hon går in i sovrummet och kommer strax tillbaka klädd i svarta jeans och en röd topp som är ledig men ändå sitter tight på de rätta ställena.

På trottoarserveringen slår de sig ner och beställer var sin pizza och var sitt glas rött.

»Skål då, för min återkomst«, säger Laura med hakan stödd i ena handen och med vinglaset lyft på sned. Men fast hennes hållning får henne att se slapp ut är hennes blick skärpt och tydligt fäst på honom.

Den sträva smaken av rödvin och Lauras ljusblå ögon. Allt är som det ska igen.

Laura sätter ner sitt glas.

»Det sitter bra med vin nu, men jag vill inte dricka för mycket.« Hon slår ner blicken och ler. »Och det vill inte du heller.«

När de äntligen är hemma hos henne igen, kysser de varandra så fort de har kommit in i hallen och dörren är låst bakom dem.

Hon ser honom i ögonen.

»Nu ska ingen av oss gå någonstans.«

Han tar ett djupt andetag och skakar på huvudet.

»Kom!« Laura tar sig ur hans famn och går före honom in i sovrummet. Det är släckt, och gardinerna är fördragna. Hon går fram till byrån med skivorna ovanpå, bläddrar snabbt fram en skiva och lägger i cd-spelaren. Musiken som börjar är en smula skrämmande men samtidigt eggande. En slinga på fyra toner spelas i bakgrunden gång på gång, och en kvinna sjunger med förvrängd röst. Där finns framför allt en ständigt pulserande rytm.

Han kan bara se Lauras ansikte tydligt när hon står alldeles framför honom. De klär av varandra sakta, plagg för plagg. Även om han helst vill kasta ner henne i sängen ska det här få ta tid.

När han är naken, har hon fortfarande sina svarta underkläder på. Hon ler retfullt mot honom när han försöker ta dem av henne och viskar i hans öra att han ska följa med och låta henne visa vad som ska hända.

Hon dansar med små rörelser framför honom. Med händerna vilande på hans axlar vaggar hon höfterna i takt till musiken som dunkar, dunkar.

Hon stannar upp vid en paus i musiken och vänder sig med ryggen mot honom, innan rytmen fortsätter igen. Sträcker armarna över sitt huvud och sedan bakåt så att hennes händer kommer bakom hans huvud och hon kan dra honom till sig. Han lutar sig fram och kysser hennes nacke medan han drar in doften av hennes hud. Hans högra hand stryker över hennes mage, och fingertopparna får glida under resåren på hennes trosor. Hon gnider sig mot hans kön, och han känner hennes kropp genom det tunna blanka tyget. Hans andning blir allt kraftigare.

Han knäpper upp hennes bh. Håller hennes bröst i sina kupade händer men med den lossade bh:n fortfarande mellan sin hud och hennes. Kramar hennes båda bröst med tyget kvar, innan han släpper taget så att hennes överkropp blottas. Han lägger sina händer på hennes revben för att hålla sig borta från brösten. För att dra ut på det lite till. Hon vrider på huvudet och överkroppen för att kyssa honom. Hennes andetag är korta och kraftiga. De når inte att kyssa varandra med hela munnarna, och det är i sig ljuvt upphetsande. Att bara få smaka en del av henne. Han kramar hennes ena bröst. Minns hur det kändes att hålla i. Hon kvider till av beröringen och svarar med att gnida sig hårdare mot honom.

Hon vänder sig mot honom. Trycker lätt på hans axlar och får honom att ställa sig på knä framför henne, medan hon dansar igen. Hans händer famnar om henne med handflatorna mot hennes skuldror. Han kysser hennes mage och slickar upp en svettdroppe från den. Smakar på hennes kropp.

Hon lyfter vigt sitt högra ben med böjt knä. Sänker benet

och stryker sin fot med tårnas undersida över hans mage, nedåt mot hans kön. Nuddar det varma och fuktiga ollonet med sin fotsula. Drar benet uppåt igen och stryker ovansidan av sin fot över hans mage.

Han reser sig upp till hälften och kysser flämtande hennes vänstra bröst. Tar det i munnen, känner den blanka mjukheten, spänsten och den svaga smaken av henne.

Han ställer sig upp helt. Tar henne i sina armar och kysser henne. De flämtar båda där de står. Just nu verkar hon så liten och späd. Han är man och han ska knulla med henne. Han vill det. Det är meningen att han ska göra det. Det är meningen att han ska tränga in i henne. Hans händer smeker hennes rygg nedåt och innanför trosorna. Men hon tar tag om hans handleder och för bort händerna.

Inte än.

Hon sätter sig på huk framför honom och tar honom i sin mun. Hennes huvud är stilla. Han hör det svagt smackande ljudet och ser hennes vita hårbotten medan varenda känselnerv i hans kön vill explodera.

Han kan knappt andas.

Han ser på henne där hon sitter. Hennes rumpa putar bakåt och han vill ta henne bakifrån här och nu. Ta henne hårt. Det är det han är gjord för.

Hon låter hans kuk glida ut ur sin mun, reser sig upp och för sitt ansikte nära hans. Hon andas snabbt och häftigt och viskar nästan ohörbart:

»Klä av mig.«

Han lägger händerna på hennes höfter, låter dem vila där en kort stund och drar av henne trosorna. De glider ner för hennes ben, medan han ser henne i ögonen.

De tar båda tag i varandra för att dra den andra med sig till sängen. Hon hinner först med att knuffa omkull honom.

Medan han ligger där på rygg, sätter hon sig grensle över hans mage, utom räckhåll för honom att tränga in. Hon rör sig långsamt upp och ner, som om han ändå var inne i henne och hon red honom. Han kan inte slita blicken från henne. Hon slutar röra sig, sätter ner händerna mot sängen på var sin sida om honom, lutar sig framåt och ser honom i ögonen.

»Jag vill ha dig i mig«, flämtar hon. »Jag vill att du ger mig allt.«

De rullar runt och hamnar liggande på sidan mitt emot varandra. Han smeker hennes kropp, all denna hud, allt detta som är Laura. Hon lägger sig på mage. Han ställer sig på alla fyra över henne och kysser hennes nacke. Rör henne inte någon annanstans. Hon trycker sig upp mot honom så att hennes nakna kropp pressas mot hans. Hans kuk rör vid henne. Det är som om all hans livskraft hade samlats i den, som om den var hans kropps centrum nu. Hon tar tag i kuken och drar honom till sig, låter ollonet nudda vid hennes öppning.

Men hon drar sig undan och vänder sig på rygg. Han kysser hennes mage. Kysser hennes kön, som nästan ångar. Doftar av Laura.

Han formar sina läppar till ett O och för dem över hennes klitoris. Nuddar den med sin tunga. Ritar små, små cirklar med tungspetsen. Hör henne stöna. Han smeker över hennes fitta med sin högra hand och för in två fingrar i henne. Med handflatan vänd uppåt drar han fingrarna mot sig, som om han kallade på henne, kallade på hennes orgasm. Hennes bäcken är stilla, medan hon kastar överkroppen fram och tillbaka. Det är som om han befann sig mitt i hennes kropp och med enkla små rörelser kunde styra den med sin hand.

Med en kraftansträngning ber hon honom att sluta och komma in i henne på riktigt. Först då vill hon komma. Han reser sig upp och kryper i stället fram över henne. Fattar sitt kön med ena handen och lägger ollonet så att det hamnar rätt. Sedan tränger han långsamt in i henne. Den första trögheten någon centimeter innan han kommer förbi och glider djupt in. Han är omgiven av Laura som sluter sig om honom.

Och han är galen av kåthet.

Hon lyfter vigt sina ben och böjer dem bakåt så att han kommer ännu djupare in.

Hela hennes ansikte verkar le.

Han börjar röra sig i henne, och hennes kropp svarar. De gör det här tillsammans. De är en man och en kvinna som knullar. Det är allt – allt som finns just nu och allt som betyder något.

Hennes inre vibrerar kring honom och hon flämtar kraftigt. Hon böjer sitt huvud bakåt och lyfter på överkroppen. När hon ser honom i ögonen igen, ser hon befriad ut och alldeles fullkomligt närvarande. Hon är här. Med honom.

Han rör sig snabbare och hårdare. Snabbare och hårdare. Släpper taget om alla tankar. Blundar och kastar sig ut, kastar sig ut gång på gång på gång. Nu finns inget annat.

Det är för tidigt på morgonen för att stiga upp men samtidigt för ljust för att somna om. Bredvid honom ligger Laura med ansiktet vänt mot honom och med armarna uppdragna framför sig. Ögonen slutna.

Den här kvinnan finns på riktigt! Att se henne fyller honom med den där känslan som det inte finns något ord för. Eller om det är flera känslor samtidigt.

Han smeker henne över kinden och hör henne svagt mumla:

»Om du inte vill bli strypt, så låt mig sova.«

Han smyger ut i badrummet. Blir stående i duschen länge. Sist sätter han kranen på kallt och tvingar sig att stå kvar, tvingar sig att andas långsamt och djupt där han står. Kylan blir lättare att stå ut med efter en stund. Efteråt är huden som bedövad, men blir varm nästan genast. Nyväckt – som om hela hans kropp hade vridits om i tusen nålar.

Med badhandduken runt midjan går han ut i köket, sätter på kaffebryggaren och slår sig ner vid köksbordet med en mugg framför sig.

Utan att han har hört något, står Laura i dörren klädd i sin blå morgonrock. Hon har armarna i kors, axlarna uppdragna och ser nyvaken ut med sina ögon halvslutna.

»Jag kände doften. Det här är precis vad jag behöver just nu.«

Hon öppnar köksskåpet, tar fram sin egen kaffemugg och sätter sig mitt emot honom. Hon ler. Ingen av dem säger någonting.

När bryggaren har tystnat hämtar hon kannan och rufsar till hans hår med sin lediga hand medan hon häller upp till honom.

»Hur är det i dag?« Det finns värme i hennes röst.

»Overkligt.« Antagligen ser han lycklig ut av att säga det.

Hon hejdar sig i rörelsen och tittar på honom innan hon börjar skratta.

»Tack, jag mår bra jag också!«

Med muggen i båda händerna tar hon sin första klunk medan hon fortfarande står upp – och fnissar till medan hon tittar ner i sitt kaffe.

»Mitt sista behov blev just tillfredsställt«, säger hon, fortfarande med blicken nedslagen. »Nu kan vi börja om, om vi vill.«

Andreas himlar med ögonen.

»Jag kanske inte orkar ta precis *allting* från början.«

Hon ler, och de ser på varandra en stund. Han börjar skratta så att kaffet sprutar över bordet. Hon ger honom en frågande blick.

»Jag som hade tänkt fråga dig om vi ska hitta på någonting i dag«, säger han medan han ser sig om efter en servett. »Gå ut alltså. Jag menar, det är lördag och ute skiner solen och allt det där.«

»Det finns nog tid till sådant också.«

»Nu behöver jag packa upp det sista och plugga rester«, säger Laura när Andreas står i hallen och är på väg att gå. Det är åtminstone mer än ett dygn sedan han kom hit.

Hon smeker hans kind.

»Och det är nog dags att du går hem och byter kläder.«

»Jag har ju knappt använt dem.«

»Jag vet«, svarar hon med ett trött skratt och smeker hans nacke, »men även jag har en utbildning att tänka på, och jag vill bli klar med min omtenta, innan konservatorsprogrammet börjar.« Hon rufsar till hans hår i pannan. »Om jag skickar sms direkt efter att du har gått och ber dig komma tillbaka så ignorera det.«

Han flinar.

»Det kommer jag inte att göra.«

Han skulle kunna stå kvar här hur länge som helst och bara vara lycklig. Är det nu han ska säga att han älskar henne?

Om nu älska är rätt ord.

Laura lossar sina armar runt honom.

»Iväg nu«, säger hon. »Jag behöver tvinga mig själv att tänka på något annat ett tag.«

De står uppe vid Lotsutkiken på Vrångö. Havet ligger äntligen öppet framför honom.

»Så fick jag se det till slut.«

»Varför är det en så stor grej för dig att se havet?« frågar Laura och sätter sig på bänken bakom honom och kisar mot solljuset.

Han vänder sig mot henne.

»Göteborg ligger vid havet, men det märks inte. Det märks aldrig.«

Laura rycker på axlarna.

»Det är väl så det är.«

Han vänder sig utåt igen. Vinden är frisk här uppe.

»Och ändå finns det där hela tiden. Bara man tar sig lite längre ut, ser man det. Ständigt detta lite längre ut.«

Långt borta vid horisonten anas siluetterna av lastfartyg som stävar norrut, och bakom dem finns ingenting. Här tar allt slut.

»Men det är ju bara att titta ut från Älvsborgsbron«, säger Laura där hon sitter. »Vart tror du att älven tar vägen, liksom?« Hon trutar med munnen.

»Det kan du säga. Du vet att om man vill någonstans, ser man till att ta sig dit. Det är inte lika självklart för alla«, fortsätter han.

»Du får ta båten till Fredrikshamn och sitta ute på däck hela tiden, så du får se ditt hav«, säger Laura och tippar huvudet i sidled.

Han sätter sig bredvid henne på den lilla bänken utan ryggstöd.

»Jag tar helst med mig dig i så fall.«

Laura skrattar.

»Du får bjuda på många glas champagne, flaskor vin, räkmackor och Irish coffee, om jag bara ska sitta ute på däck med dig hela tiden.«

Han ler. Laura tittar på honom och verkar vänta på mer.

»Det får mig bara att längta längre ut hela tiden, tills inga öar finns kvar och skymmer sikten. Öppna havet är vilsamt. Det är tomt, men på ett vilsamt sätt.«

Hon tittar på honom medan hon gnider handflatorna mot varandra. Han tittar ut mot horisonten.

»Där ingen ser och där jag inte behöver anpassa mig. Men jag vill vara där tillsammans med den som är viktig för mig.«

Laura kisar i motljuset, som om hon behövde anstränga sig för att se honom.

»Jag tror jag börjar förstå vad det är du längtar till.«

Kapitel 10

»Ska du med till Tre indier och äta?«

Det är Knut som frågar. Han är sig lik, korridorerna här på Handels också. Ändå är det som om det var länge sedan Andreas var här sist.

»Utmärkt förslag! Första dagen på terminen är värd mer än mikromat.«

»Vi bör väl fira att vi är tillbaka.«

Båda förstår. Det är inte bara terminsstarten som ska firas, utan också det faktum att de båda har klarat studierna tillräckligt väl för att vara kvar på juristprogrammet.

Andreas kisar i solljuset, när de kommer ut på gatan. Det är fortfarande mer sensommar än höst.

»Vi borde boka tid för bastu igen«, säger han och tar på sig sina solglasögon.

»Det är taget. Alkohol och bastu går ihop. Var sommaren bra?«

»Mycket!«

Han låter kanske lite väl nöjd när han svarar.

»Träffar du Laura fortfarande?«

Det rätta svaret skulle vara att han gör det mer än någonsin. I dag är första gången som den vanliga världen har kommit tillbaka i hans liv. De senaste två veckorna har han befunnit sig utanför den tillsammans med Laura. Men det är inte ett utanför som är en flykt, utan snarare en tillvaro som är verkligare än den alldagliga världen.

»Ja«, säger han bara. *Försöker* att inte fånle.

Knut tittar på honom.

»Å, fan! Nu vill man ju träffa henne.«

»Det får bli när hon inte har fullt upp med sin egen terminsstart. Vi lär synas tillsammans framöver.«

»Ska ni skaffa villa snart?«

Vad är det med Knut som alltid verka tänka längre fram i tiden så fort Laura kommer på tal?

»Hon vill nog hellre ha ett slott – eller ett gammalt stationshus i trä.«

»Seriösa planer, hör jag!«

Andreas skrattar. Att tala om Laura gör honom glad. Glad och befriad. Hur skulle det kunna vara på något annat sätt?

»Kanske det«, säger han. »Fast jag har inte ens sagt 'Jag älskar dig.' till henne än.«

Han blir varm i bröstet efter de sista orden. Var det att berätta för mycket?

Knut nickar.

»Ingen brådska! Att säga 'Jag älskar dig.' första gången räknas inte, om penis samtidigt är inne i den man säger det till.«

»Ses vi i kväll?« frågar Andreas med mobilen tryckt mot örat. Utanför Kurs- och tidningsbiblioteket på andra sidan gatan går ett omslingrat par.

»Måste panikplugga kemi till i morgon.« Lauras röst låter märkvärdigt oengagerad för att hon skulle ha panik över någonting.

»I morgon kväll då?«

»Ska ut med kursarna. Hoppas du förstår.«

Han är inte ens förvånad över hennes svar.

Hon går äntligen utbildningen hon har drömt om, och det är klart att den är viktig för henne, men det är över en vecka sedan de träffades. Den gången var det dessutom han som fick hålla igång samtalet, och när det blev sent på kvällen frågade hon om han tänkte gå hem.

Han försöker att inte låta anklagande.

»Du är så upptagen nu för tiden.«

»Jag vet. Men det är så det är.«

»Jag saknar dig.«

»Jag vet det också.« Hennes röst är tunn.

Andreas tar ett djupt andetag. Om Laura inte vill prata, är det ingen idé att försöka pressa fram något ur henne.

När han äntligen får krama om henne, är det som att hålla i en skulptur av glas.

»Hur är det?«

»Det är okej.« Hon nickar och ler men ser ut som om hon försöker övertyga sig själv. Det verkar fel att kyssa henne här bland allt folk i Haga. Som om han skulle tränga sig på henne.

I vanliga fall brukar Laura bli upplivad av att gå omkring i butikerna och leta krimskrams men inte i dag. Hon verkar vara någon annanstans, uppenbarligen på en plats som inte är särskilt angenäm.

Inne i en trång antikaffär är det i stället han som skiner upp.

»De har en gammal trattgrammofon till salu. Ska du slå till?«

»Vad ska jag med den till?« Hennes röst är entonig. Hon bryr sig inte ens om att titta.

»Du kan väl ha den som möbel?«

»Varför det?«

Han står och ser på henne en stund.

»Hur är det egentligen?«

»Mycket att tänka på.« Hon tittar knappt åt hans håll.

»Ska vi skita i det här och gå hem till dig?«

»Jag tror att vi behöver prata först«, säger hon med blicken ut genom fönstret.

Han kommer närmare.

»Vi har väl pratat hela tiden?«

Hon går ut ur butiken. Det blåser, precis som det brukar göra i den här staden, och luften har blivit höstrå. De går längs med Haga Nygata åt hennes håll, men hennes steg är långsammare än vanligt. Efter ett kvarter blir det glesare mellan människorna runt omkring dem.

»Jag tycker om dig på riktigt«, säger Laura till slut med en utandning och med blicken rakt framåt. »Mer än vad jag trodde att jag skulle göra från början i alla fall. Det är lite omvälvande, men så är det.«

Han säger ingenting men ser på henne där hon går bredvid honom.

»Jag vill helst inte bli sårad, så om du inte menar något allvarligt med oss, är det bäst att du åker hem till dig och att vi inte ses mer.«

Hennes ord är tydliga, och ändå låter det fullständigt overkligt det hon säger. Vill hon göra slut?

»Jag vet att det kan verka som om jag inte tar någonting på allvar«, fortsätter hon snabbare, »och ofta gör jag inte det heller. Men när det verkligen gäller är jag känsligare än vad de flesta tror.«

»Du är ...« börjar han och lägger armen runt henne.

»Låt mig prata färdigt!«

Han håller upp sin arm i luften och drar tillbaka den.

»Jag tror att du har en del känslor för mig, men jag vill höra dig säga vad du vill med dem.«

Han är tyst medan de fortsätter att gå. Till slut måste han säga något.

»Det har varit omvälvande för mig också. I början hade

jag ingen aning om hur det här skulle gå, men nu skulle jag inte vilja vara utan det vi har. Även om jag fortfarande inte kan fatta hur vi hamnade här.«

»Det är väl just det«, säger Laura där hon går bredvid honom på höger sida. »Det börjar kännas planlöst.«

Han ser på henne.

»Vi har väl aldrig behövt definiera det vi har tillsammans?«

Hon vänder huvudet mot honom för första gången.

»Men om vi skulle göra det mer än hittills?«

Han säger ingenting. De har kommit ut ur Haga och borde ha fortsatt rakt fram över Linnégatan för att komma till hennes kvarter, men Laura tar i stället till höger ner mot Järntorget.

»Jag menar inte att du ska fria till mig«, säger hon och skrattar till på ett sätt som låter underligt olyckligt, »men jag vill se oss som ett par. Det vore bra att veta om vi har samma syn på saken.«

»Jag har redan kallat dig min flickvän inför andra.«

»Jo, men det sa man i högstadiet också.« Hennes röst är lite kraftfullare än nyss. »Kan du för en gångs skull säga till mig vad du vill, så att jag får veta. Jag behöver höra det.«

Hon tittar på honom. Väntar.

»Älska är ett ord jag inte vågar använda än, men jag är väldigt säker på att du kommer att bli den första som jag säger det till.«

Hon trutar med munnen när hon hör honom säga det.

»Det var ju också en kärleksförklaring!«

De rundar Linnégatans sista hörn. Blåsten slår dem i ansiktet, när de kommer in på Järntorget. Spårvagnarna gnisslar där borta vid hållplatsen. På något underligt sätt vet han att han aldrig skulle komma tillbaka hit och till Laura om han klev på en av dem nu.

Hon vänder sig om och stannar framför honom. Stryker bort håret från ansiktet.

»Så här är det«, säger hon och andas in. »Du är en av de få som klarar av att se mig som jag är och som inte skräms bort av mig. Att jag kan ta ut svängarna med dig beror på att jag känner mig trygg nog för att göra det. Det är mycket som händer nu, med utbildningen och allt det där, och jag behöver verkligen inte mer kaos i livet just nu. Jag vill vara med dig men behöver veta om det är någon idé. Jag tänker inte låtsas vara nöjd med att vi ligger med varandra på våra lediga stunder.«

Han ser på henne. Hör en ny spårvagn långt där borta men tittar inte ditåt.

»Nu vet du läget.«

Andreas nickar. Hon är sitt självsäkra jag igen. Rättare sagt verkar hon mer självsäker än vanligt för att hon precis visade sig sårbar.

Hon kör ner händerna i fickorna på sin svarta kappa.

»Så nu vill jag höra vad du har att säga.«

Hon står rak i ryggen och lägger tyngden på främre delen av fötterna så att hela hennes kropp lutar fram mot honom. Hon tittar upp mot hans ansikte med ett allvar, som är nytt att se.

Som om allt som är *hon* syns mer nu än vad det har gjort någon gång tidigare.

Om det ändå gick att för alltid se henne sådan hon är nu.

»Nå?«

Hennes blå ögon.

»Jag är kär i dig.«

Varför känns det som om han har slitit upp bröstet?

»Alldeles otroligt jättekär i dig«, fortsätter han. Nu är det som om orden vill rinna ur honom.

»Jag har kanske varit rädd för att jag skulle ljuga om jag sa det – jag vet inte. Men jag har varit rädd för att du skulle förakta mig om jag blev för känslosam.«

Laura höjer på ögonbrynen.

»Och ändå …« Han ser ner i marken en kort stund innan han möter hennes blick igen. »Ändå blir jag alldeles väldigt lycklig av att vara med dig. På ett sätt som inte liknar något annat. Jag har bara varit dålig på att säga det högt. Du anar inte hur befriande det är att aldrig behöva göra mig till för dig.« Han andas ut. »Så jag vill stanna hos dig. Och jag vill att du låter mig stanna. Jag förstod bara inte att du behövde höra det. Men det är klart att vi är ett par. Jag vill det mer än någonsin.«

Nu är det gjort.

Laura står fortfarande med händerna i fickorna.

»Och det är du säker på?«

»Så säker som det går.«

Hon lutar sig tillbaka och slappnar av i sin hållning. Han tar ett steg framåt och håller om henne men utan att kyssa henne eller röra henne under midjan. Hon slår sina armar runt honom och liksom sjunker ihop mot hans kropp för att smälta fast vid honom.

»Jag har undrat om du skulle rymma, när det inte var roligt längre.«

Kapitel 11

»Jag behöver hjälp här«, ropar Laura från köket.

»Låt mig pusta lite först«, svarar Andreas och lägger sig på soffan.

»Vila efter att du har pluggat på biblioteket!« hör han henne fnysa. »Jag ska ge dig något att behöva vila efter.«

»Det låter bra.«

»Du ska få slava i disken åt mig.«

»Det låter mindre bra.«

Andreas går ut i köket och glider upp bakom Laura, håller om hennes midja, kysser henne i nacken och frågar hur hennes dag har varit.

»Den blev just lite bättre.« Hennes kropp blir ledigare.

»Jag har ett vagt minne av att jag sent i går kväll tyckte att det var en bra idé att ringa ditt mobilsvar efter några öl.«

»Ha! Jag hörde på en gång att du var onykter och lyssnade inte ens. Ingen skada skedd!«

»Tur för mig då. För jag minns inte ens vad jag sa.«

»Om det var viktigt, kommer du väl på det igen.«

Hon gör sig loss med milda rörelser.

»Nu ska jag bli färdig här. Diska upp så jag får svängrum, är du snäll.«

Till och med att diska är roligt, när han är med Laura. Till skillnad mot hans eget korridorskök är detta ett ställe där man kan leva.

»Lägger du vitlökspressen i diskvattnet?« Laura stirrar på honom med uppspärrade ögon. Det är svårt att veta om hennes upprördhet är äkta eller spelad. »Diska den *först*, för sablarna!« säger hon med eftertryck. »Vitlökslukt sätter sig i allt. Glöm det där med den välta tårtbiten. Om du får all disk att lukta vitlök kommer du aldrig att bli gift. Då får du sitta tillsammans med andra vitlöksdoftande män i nätundertröja och spela kort resten av livet.«

Laura låter bestämd och teatralisk på samma gång. Glittret i hennes ögon skvallrar ändå om att hon mest är upplivad.

»Och skryt inte med att du gör det«, fortsätter hon. »Det är som att ropa 'Älskling, jag har bytt kalsonger sedan i går!' tvärs över Götaplatsen när du ser mig på tvåhundra meters avstånd.«

Hon sänker armarna.

»Det tar på krafterna att skrika åt dig. Kyss mig nu!«

»Jag hör och lyder.« Hur skulle han kunna låta bli? Han kysser henne snabbt och lätt, som en försäkran. Efter att ha släppt taget om henne tillägger han med den mörkaste och mest mystiska stämma han kan uppbåda:

»Och du kommer *aldrig* att få veta när jag bytte kalsonger senast.«

Laura stöder sig mot köksbänken, medan hon skrattar.

Fem veckor in på höstterminen verkar Lauras intryck av konservatorsprogrammet ha lagt sig. Det är första gången hon berättar något mer konkret. Andreas äter av potatisgratängen medan han lyssnar.

»Vi är bara åtta personer i gruppen. Alla är kvinnor och jag är yngst, fast skillnaden i ålder och bakgrund spelar ingen roll. Med en så liten grupp blir det inget grupptryck, utan alla kan ha sin egen stil.«

Hon pratar snabbt och viftar med armarna, trots att hon håller i sina bestick samtidigt.

»Men det är *massor* av föreläsningar. Den här terminen är fylld av kemi och historiska översikter blandat med varandra. Bara att banka in. Ack fåfänglighet!« Hon tittar på sitt vinglas, medan hon snurrar det i handen. »Jag får nog hålla på med min egen färgterapi mellan föreläsningarna för att slappna av. Det lär blir många hemgjorda mästerverk den här terminen.«

Andreas huvud tippar framåt medan han skrattar.

»Måla på, om det hjälper. Jag ser fram emot fler abstrakta älgar och gråtande barn.«

»Officiellt har jag blivit någon sorts naturvetare nu«, fortsätter Laura efter att ha tagit en stor klunk vin. »Det är vår fakultetstillhörighet, nämligen. Antingen är det kemin som gör det, eller också ville ingen annan ha oss. Jag som är konstnär! Men vad gör man?«

»Naturvetare är kanske inte heller det första jag tänker mig dig som«, säger han, medan hon tuggar och blundar.

Svaret kommer snabbt och självsäkert:

»Du skulle se mig i labbrock!«

Jo, även det skulle se fullständigt naturligt ut. Hon ser förmodligen väldigt professionell ut i vit rock och enorma skyddsglasögon.

»Sexigt«, säger han och får ett belåtet flin till svar. »Men vad gör ni när ni umgås utanför labbet och föreläsningarna?«

»Hänger vi inte på något ställe inne i stan, blir det på Notting Hill här nere på gatan. Det var ren slump att det blev där, för det var inte min idé. Men kom dit i morgon. Då är vi där på quiz några stycken.«

»Äter vi middagen där?«

Hon skakar på huvudet.

»Dyrt. Jag ska bara ha det vanliga.«

»Du menar chilinötter och ett glas husets röda?«

Hon nickar och ler stort.

»Mina två första terminer är allmänt hållna. Även om jag behöver dem, önskar jag att jag var förbi den biten och äntligen fick börja med konkret målerikonservering någon gång. Och så längtar jag till terminen då jag får åka iväg på praktik, men det är två år dit.«

Det är redan mörkt ute när Andreas kliver in på Notting Hill. Utan att tänka närmare på det kysser han Laura, när han möter henne.

»Det här är, som ni förstår, Andreas«, säger hon efteråt och vänder sig mot de tre tjejerna, som sitter vid det grova träbordet alldeles intill. Det är först nu han lägger märke till Lauras kursare.

De hälsar och ger honom gillande blickar.

»Tack för att ni låter mig vara med i gemenskapen«, säger han medan han slår sig ner på träsoffan tillsammans med Laura. »Bara så ni vet kan jag ingenting om konst, utan är här för att dricka öl.«

»Vi sitter ändå och väntar på att quizet ska börja«, säger blondinen mitt emot honom. Hon verkar bara vara något år äldre än Laura, och på hennes invecklat knutna scarf skulle han ha gissat att hon på något sätt höll på med just konst.

»Om det blir några frågor på Eddie Meduza, kanske jag kan stå till tjänst.«

»Vi har hört att du kan sådant.«

Andreas vänder sig mot Laura, som inte säger något men drar ihop munnen till ett litet O, spärrar upp ögonen och tittar åt ett annat håll medan hon trummar med fingrarna mot bordet.

»Tack«, säger han bistert. »Verkligen.« Han och Laura tittar på varandra och skrattar.

Medan musikquizet börjar, dricker han av sin öl och lyssnar på frågorna med ett halvt öra. Sättet att leva i världen har på något sätt blivit annorlunda, när Laura finns där. Själv är han förstås densamme, men det går ändå inte att fortsätta precis som förr och låtsas som om ingenting hänt.

Exakt *vad* det är som har hänt med honom, är däremot svårt att säga. Det är skönt och skrämmande på samma gång att inte veta det utan bara ana.

»Vet du vilken grupp som gjorde cover på den, Andreas?« Den blonda tittar frågande på honom. Det pågår visst ett quiz här.

»Ingen aning, tyvärr. Ingen aning.«

»Jag är ett geni!« Andreas står vid spisen i Lauras kök och gör segertecken.

»Dig kan man ju inte lämna ensam i fem minuter«, säger Laura som kommer in. »Exakt vad håller du på med?«

»Jag förbereder den perfekta avslutningen på vår enkla chilinötsmiddag: vaniljglass med den perfekta chokladsåsen. Smält extrasaltat smör och blanda i kakao, sirap, grädde samt cognac köpt på närmaste Danmarksbåt. Använd inga mått utan provsmaka dig fram till rätt proportioner.«

Hon står still och tittar på honom.

»Och sedan?« Det finns något förtjust och aningen utmanande i hennes sätt att fråga.

»Drick direkt ur kastrullen förstås!« drämmer han till med och håller upp den framför henne.

»Jag kan tänka mig att dricka ur din mun också«, säger hon och tar ett steg närmare honom. Hon har knäppt händerna bakom ryggen, står still och ler under lugg och med stora ögon.

Han skrattar, blåser på kastrullkanten och dricker. Med chokladsås i munnen lutar han sig fram mot Laura och kysser henne. Hon spärrar upp ögonen och tar ett steg bakåt.

»Helvete!« ropar hon till. »Den här gången är du faktiskt ett geni.«

»Äntligen får man ett erkännande på det här stället!«

»Mera!«

Han drar henne till sig med sin fria högerarm.

»Mera chokladsås, menar jag!« Hon skrattar medan hon trycker bort honom och tar fram en stor silversked ur översta kökslådan.

»Föredrar du chokladsås framför mig?«

»Fråga mig igen, när jag har ätit upp.«

Andreas halvligger i soffan. Laura ligger på golvet framför honom med armarna utsträckta och med ögonen slutna.

»Jag är väldigt lycklig just nu«, säger hon rakt ut i luften. »Jag är med någon som ser mig och låter mig vara som jag är.«

Andreas tittar på henne.

»Jag vill inte ha dig på något annat sätt. Och jag kan säga samma sak: Det är lätt att vara mig själv med dig. Det är oväntat över huvud taget. Och fantastiskt.«

»Fantastiskt som i bra eller som i otroligt?« Hennes ögon är fortfarande slutna.

»Båda två, tror jag.«

»Jag pratar heller inte med vem som helst som jag gör med dig«, säger hon. »Men det vet du redan.«

»Jag kände det på mig.« Han talar mer lågmält än nyss.

»Varför har inte du skrämts bort av mig?« Hon slår upp ögonen och tittar åt hans håll med en blick som är tankfull och utforskande.

Han småler.

»Du har kanske inte försökt skrämmas tillräckligt.«

»Men allvarligt«, säger hon och ser just allvarlig ut. »Du vet själv hur det är att känna sig fel eller åtminstone malplacerad i världen. Jag kan hantera det genom att göra min grej fullt ut och inte ta åt mig av vad andra skulle tycka om det. Och så träffar jag dig som det känns rätt med. Som det går att vara mig själv med och som jag inte behöver hålla på avstånd utan tvärtom vill ha nära mig och öppna mig för. Som jag kan dela skratt med.«

Han lutar sig fram mot henne.

»Jag tror inte vi behöver förstå. Vi vet ändå. Det bara finns där.«

»Det?«

»Det där mellan oss, det som gör att det känns rätt. Det som jag inte har något ord för.«

»Men det är lite oväntat.«

»Det var ändå du som tog med mig hem första gången.«

»Det är oväntat att det skulle bli så bra som det blev.« Hon fortsätter i samma tonfall och bryr sig inte om hans invändning. »Det var inget som vi kunde veta.«

»Nu vet jag bara att jag vill vara nära dig.«

Laura ligger tyst. Andreas glider ner ur soffan och lägger sig på sidan bredvid henne på golvet.

»Ju mer jag lär känna dig, desto mer omöjligt blir det att vara utan dig.«

Han är tyst några sekunder innan han fortsätter.

»Fast det handlar inte bara om vad vi känner var för sig. Vi delar något som ingen av oss hade kunnat uppfinna själv. Jag är väldigt lycklig med dig, och jag hoppas att jag alltid kommer att vara det och att det aldrig tar slut.«

»Det kommer inte alltid att kännas likadant som det gör just nu«, säger Laura. »Men om vi håller ihop om tio år också, hoppas jag att det ändå ska gå lika enkelt och naturligt som det gör nu.« Hon tittar upp mot taket utan att säga något mer.

Tio år. Tänker hon så långt fram i tiden?

Hon ser på honom igen.
»Eller vad tror du?«

Du var vacker i dina höstfärger. För bara några veckor sedan hade du suttit på skärgårdsklipporna klädd i jeans och stickad tröja. Men nu var det som om du bytte skepnad med årstiden. Du skrattade och sa att du klädde dig diskret, när du tog på dig en kort mörk kjol i stället för en klarröd.

Även i dämpade färger lyste det av värme från dig. Att se dig fick mig att genast vilja ha dig intill mig. Jag ville känna din hud mot min som en kontrast till den råa höstluften.

Du levde upp om hösten, och ditt ansikte var ungt; du skulle inte vissna. Jag minns dig komma gående genom allén på Vasagatan och hur din svarta kappa och din roströda födelsedagshalsduk fick dig att avteckna dig mot alla gula löv runt omkring.

Jag ville omfamna dig och bevara oss i ögonblicket. Hålla om dig och stanna tiden.

Kapitel 12

Kvällens stora överraskning kommer när Laura tar av sig sin ytterkappa.

Hennes klänning skimrar, glänser och ramar in hennes kropp. Andreas har aldrig sett henne lika elegant förut. Hon skrattar åt honom.

»Är du snäll och hänger upp min kappa så att vi får vår fördrink någon gång?«

Klänningen är mörkblå med en aning lila i sig och har ett yttre lager som består av ett svart flor med mönster som glittrar. Det är förfinat och sexigt på samma gång.

Dessutom ser hon inte det minsta utklädd ut, snarare är det en ny sida av sig själv som hon visar. En sida som han inte visste fanns förrän han fick se den, och då verkar den alldeles självklar. Han vill bara stå still och se hur strålande hon är.

»Gillar du min klänning?« frågar Laura medan hon byter till inneskor.

»Fantastisk! Var har du fått tag i den?«

»Rätt vintagebutik i Linné – och sedan en bra skräddare.«

Det är lätt att förstå varför hon mötte honom med ytterkläderna på och väntade tills nu med att visa hur hon klätt sig.

Det är kvällen för Juridiska föreningens årsbal, och det hela börjar med fördrink hemma hos en kursare som har egen lägenhet. Om Andreas inte hade hyrt frack till i kväll, hade han varit nedklädd bredvid Laura, men nu är de ett rätt stiligt par.

Att Laura skulle känna sig bortkommen i sällskapet är en omöjlig tanke. Det är underligt att han alls har tänkt den. Hon ser ut som om hon redan visste att hon är välkommen här och att det är självklart att hon är det.

Andreas kikar in i vardagsrummet där ett tiotal personer står med champagneglas i händerna. Om en timme ska de ansluta till resten av baldeltagarna och ta färjan ut till Nya Älvsborgs fästning, där middagen ska äga rum. Den första av kursarna som upptäcker Laura är Knut, som kliver fram till henne i hallen.

»Ursäkta mig, men wow!«

Laura skrattar.

»Du är ursäktad, vem du nu är.«

Andreas ställer sig mitt emellan dem.

»Laura, det här är min kursare Knut«, säger han och klappar Knut lite för hårt på axeln. »Han är från Västergötland, där de inte är helt noga med hur de beter sig alla gånger.«

Knut nickar och ler ett helt normalt leende.

»Bristfällig uppfostran – alldeles för ärlig. Trevligt att träffas.«

Laura får sitt champagneglas, presenteras för de andra och ser redan ut att klara sig själv. Knut och Andreas drar sig ut i hallen igen.

»Är *det* Laura?«

»Hon och ingen annan.«

De ser på varandra men säger inget mer.

När de kommer tillbaka in i vardagsrummet, sitter Laura

och berättar för de andra om upplevelsen att vara den första på fyrtio år som får se en målnings riktiga färger.

Vid varmrätten kan Andreas inte hålla sig från att säga vad han har tänkt på den senaste timmen.

»Du måste ha varit på bal förut, för du smälter in helt naturligt.«

Hon ger honom ett leende över axeln.

»Inte på någon juristbal, men det är inte första gången helt och hållet.«

»Bra för mig! Jag slipper att känna mig bortkommen, när jag är med dig.«

Han känner sig faktiskt inte bortkommen alls. I kväll är även han den som tar plats. Med Laura vid sin sida.

»Fast du har tittat dig i spegeln oftare än jag under den här kvällen«, säger hon med ett småleende samtidigt som hon sätter ner sitt vinglas.

»Jag är rätt snygg i frack, om jag får säga det själv. Dessutom vill jag se hur vi två ser ut tillsammans.«

»Vi är väl ett vackert par?«

Han nickar. Att se spegelbilden av de två bredvid varandra har fått honom att rysa på ett underligt sätt.

»Jag tror att du har gjort succé. Du gör intryck på alla som ser dig.«

»Men mest på dig?« Hon stryker sin hand mot hans och ler som om hon visste precis vilka tankar han har haft emellanåt.

Han svarar ingenting på det. Bara blundar och tar ett djupt andetag medan han ler.

Även om han har sett Laura i alla tänkbara klädstilar och skepnader, är hon som ny när hon är festklädd. Men det skulle förmodligen låta väldigt fel att säga till henne att hon är vackrare än vad han visste.

Undrar hur hon skulle se ut i vit klänning.

Med Laura dansar han bättre än vad han trodde att han kunde. Antingen för att hon är bra på att dansa, eller för att de kan varandras kroppsrörelser, eller också finns det något mellan dem som inte har med deras kroppar att göra.

»Det går inte att vara ifrån dig en halv minut utan att du blir uppbjuden av någon annan eller att jag får den måttligt diskreta frågan om du är min flickvän.«

»Och vad svarar du på det?«

»Jag har uttalat ordet 'flickvän' med viss stolthet i rösten flera gånger i kväll.«

Laura ler snett.

»Ta inte i så du spricker!«

Andreas styr undan dem från ett annat dansande par som kommer på kollisionskurs.

»Jag kunde förstås ha sagt att jag inte har en aning om vem du är och att du är en galning som har hotat dig till att komma med hit, men det föll mig liksom aldrig in.«

Laura vrider bort huvudet och kommer ur takten medan hon skrattar.

»Om du lämnar mig ensam, riskerar jag att bli för full«, fortsätter hon. »Alla vill fylla på mitt champagneglas hela tiden.«

»Då stannar jag hos dig.«

»Och du är min stilige man, den jag helst vill dansa med.« Hon småler på sitt smått oanständiga sätt.

De är tömda på energi men fyllda av något annat, där de ligger svettiga bredvid varandra i sängen. Andreas håller långsamt på att domna bort, sjunka ner i en behagligt uppslukande sömn. Om han bara fick vara kvar här lite till, i tillståndet där tankarna är bortkopplade och det går att vara vaken och fri på samma gång. I stillheten där de verkar vara varandra som närmast.

Hon som ligger bredvid honom, hon som är både själ och kropp samtidigt, utan att det ena verkar skilt från det andra och där han aldrig behöver bortse från någon del av henne. Hon finns verkligen.

Han lägger armen om henne, känner hennes kroppsvärme och andning och önskar att hans hud kunde förmedla till henne vad han känner men inte hittar ord för. Tillsammans är de bortom världen utanför och just därför närmare varandra. En närhet som gör dem båda större.

Om de alltid kunde vara lika trygga tillsammans som de är nu. Se varandra sådana de verkligen är.

När han är på väg att somna säger han med slutna ögon:

»Det är med dig jag känner mig som mest mänsklig, som mest hel.«

Hon svarar efter en stund, lika halvsovande:

»Ingen är människa ensam.«

»Det regnar ute.«

Det är det första som Laura säger den här morgonen, där hon står naken vid sovrumsfönstret och gläntar på gardinen.

Andreas ligger kvar i sängen och ser bort mot henne där hon står med ryggen mot honom, tittar på hennes nacke, låter blicken löpa ner för hennes rygg, ner för den kurviga svanken som övergår i hennes rumpa. Hennes kurvor är härliga, sättet hon rör sig på också. Där står hon nu, naken och varm, med bara ett smattrande fönster mellan sig och kylan utanför. Han vill gå fram och hålla om henne, men samtidigt vill han ligga kvar och se på henne där hon står.

»Vet du«, fortsätter hon med ett drömmande tonfall, »när jag står här, efter att ha sovit med dig, är det lätt att älska världen som jag ser den här utanför. Allt är egentligen vackert, men man behöver vara i rätt tillstånd för att se det.«

»Jag förstår vad du menar«, svarar han från sitt håll, »men jag ligger ju här och ser på *dig*.«

Hon låtsas ropa genom det stängda fönstret:

»Hallå allihop! Jag är lycklig. Det kan ni också bli.«

Andreas ler.

»Om du ropade det med fönstret öppet och visade dig, kanske någon skulle vinka tillbaka.«

»Jag tänker inte öppna«, fortsätter hon och låter drömmande igen. »Det räcker att jag vet själv, när jag står här och ser på världen utanför, den lilla delen som syns genom ett fönster mot gården. Jag kan se människorna utan att de kan se mig. Jag ser dem i smyg, men jag är deras vän. Deras lyckliga vän som brinner och lever.«

Hon står tyst en stund utan att röra sig, innan hon vänder sig om.

»Det finns bara en sak som kan göra den här stunden bättre, och det är att du kliver upp och gör frukost till mig.«

Andreas skakar på huvudet medan han skrattar.

»Laura, du borde göra reklamfilmer!«

Han kliver upp och går fram till henne. Hon har vänt sig mot fönstret igen. Han står naken bakom henne och håller om hennes midja och kysser henne där hennes nacke övergår i hennes axel. Hennes hud mot hans. Han vill vara nära henne, i henne, vill kunna omfamna hela hennes kropp samtidigt. Och allt detta bara som bekräftelse på att något osynligt redan har förenat dem. Att något mer än deras kroppar hör ihop med varandra. Hon vrider på sig och kvider svagt där hon står. Han flyttar sina båda händer till hennes mage och känner hur hon andas in djupt innan hon tar ett halvt steg bort från honom.

»Kom tillbaka med min kaffekopp fylld«, säger hon över axeln. »Vi klarar oss nog tio minuter, ska du se.«

Du brann, och tillsammans med dig brann jag. Brann och levde.

Något måste det ha gjort med mig.

Måste du ha gjort med mig.

När jag tänker på oss två tillsammans, inser jag hur bekymmerslöst allt var.

Det slår mig också att jag på den tiden nog aldrig skulle ha kommit på att använda det ordet.

Kapitel 13

Laura kommer direkt från Centralen och har sina väskor med sig, när hon kliver in på Mauritz. Andreas har beräknat hennes ankomsttid hyfsat rätt.

»God fortsättning!« säger hon och kysser honom snabbt.

»Detsamma! Hur var julen?«

»Väldigt blandad«, svarar hon medan hon slänger sig ner på stolen mitt emot, skiner upp när han skjuter över den orörda koppen med espresso till henne. »Vissa dagar blev det till att umgås med familj och släktingar i flera timmar, och andra dagar kunde jag ägna mig åt att sitta i en fåtölj med en katt i famnen och dricka choklad.«

»Det sista lät behagligast.«

Laura sträcker på sig och ler med slutna ögon.

»Rena meditationen!«

Hon gräver fram ett kvadratiskt vitt paket med grönt band ur sin axelväska och räcker över.

»Mamma skickade med den här till dig.«

»Vad är nu detta?«

»Belgiska praliner. Jättegoda!«

»Till mig?« Han blir sittande med asken i handen. Tittar på den. Tittar på Laura. »Du får hälsa och tacka. Verkligen.«

»Hon tänkte nog att du skulle bjuda mig på några av dem.« Laura ler och blinkar med båda ögonen.

Andreas sätter hakan i vädret.

»Säger *du* ja! Du har säkert fått en egen ask, som du redan har ätit upp.« Han släpper ner paketet i sin egen väska.

»Nå, vad ska vi göra i morgon?« säger Laura medan hon lägger armarna i kors ovanpå bordet.

»Tentapluggandet har jag släppt helt från och med nyss till förmån för dig. Champagne och annat har jag redan handlat. Återstår varmrätt. Om vi törs, föreslår jag att vi kör gratinerad hummer.«

»Wow! Fortsätt.« Hon nickar och ler på det där sättet som brukar ge honom helt andra associationer.

»Dessert och symbolisk förrätt är ordnade. Och nyårsdagen firar vi värdigt med hämtpizza som kan intas sängliggande.«

»Du har visst tänkt på allt«, säger hon med ett stort leende.

»Det var faktiskt bara roligt.« Bara att säga det till henne gör honom glad.

»Då så!« Laura sträcker på sig och lutar sig bakåt. »Jag ser fram emot att bli serverad i morgon kväll och få se när du lägger samma omsorg på mig som på dina studier.«

Andreas sitter i korridoren utanför institutionen och bläddrar igenom sin rättade tenta i rättsvetenskap. B i betyg. Godkänd utan minsta beröm. Ett betyg som ges till dem som inte ens bryr sig. Urdåligt med andra ord.

Han har lämnat ofullständiga svar på flera frågor. Varför tog han sig inte tid att tänka efter ordentligt? Självsäkerheten, som han hade i slutet av december, fanns det tydligen ingen täckning för. Han ville tro att han redan kunde allt, sedan kom verkligheten ikapp. Det är som om själva pappren hånar honom, bevisen på att han är sämre än vad han trodde.

Hade det varit bättre att bli underkänd? Då hade han i alla fall kunnat skriva omtenta senare och få ett bra betyg, men det är inte tillåtet att skriva om en tenta som trots allt är godkänd.

En medioker tenta kanske han kan leva med. Det som är värre är att han inte förstod att han inte hade koll, alltså kan det hända igen. Och när det blir dags att visa betygen för blivande arbetsgivare, kan han inte ha för många B. Bra ställen vill knappast anställa någon som bara har gått igenom juristprogrammet utan minsta beröm godkänd.

Det är inte kört än, men det finns inte utrymme för många fler misslyckanden. För då kommer han kanske efter fem års studier ändå att sluta som medelmåtta någonstans och undra hur hans liv hade kunnat bli. Vad var det vi sa!

När han tar på sig axelväskan vänder han sidan med Handelshögskolans emblem inåt så att det inte syns. Inte ens att han är student vill han visa för någon annan, när han går ut på stan.

På väg mot Avenyn och Laura, som meddelat att hon håller på att prova skor, lugnar han ner sig genom att tugga i sig en chokladkaka. Betygshetsen går inte att göra någonting åt, går bara att förhålla sig till. Det är inte ens någon mening med att ogilla den. Hur många dörrar som ska stå öppna i framtiden, beror på hur väl han följer spelreglerna nu.

Eftersom han hellre ville vara med Laura än att plugga mer, ville han tro att han kunde det han skulle. Var det värt några januaridagar tillsammans med henne för ett dåligt betyg?

Det knyter sig i magen så fort han har tänkt tanken. Som om detta vore Lauras fel!

Det är än mer motbjudande att det över huvud taget skulle ha ett *pris* att vara med henne.

»Jag har tänkt på en sak inför sommaren«, säger Andreas när han sitter med Laura i halvdunklet på Notting Hill.

Hon tittar på honom och ler medan hon snurrar sitt rödvinsglas.

»Tänker du att vi ska resa bort? Rom blir bra!«

Han förmår inte att le tillbaka.

»Det var inte något sådant jag menade, utan det är en idé om sommarjobb.« Han tar ett djupt andetag. »Det kanske finns en möjlighet att jag kan arbeta på en advokatbyrå i Stockholm. Pappas skolkamrat advokaten arbetar där och kan rekommendera mig.«

Hon tittar på honom och håller handen stilla.

»Men då måste du bo där.«

»Det kan också ordna sig.«

»Du tänker alltså bli borta en hel sommar? Du som inte ens ville vara i Värmland igen.«

»Nej, dit vill jag inte heller, och här i Göteborg har jag ingen aning om vad jag skulle hitta för jobb. Men eftersom det finns en möjlighet att sitta i receptionen på en advokatbyrå i Stockholm, vill jag gärna ta vara på den. Det är rätt viktigt för mig att toppa betygen med jobberfarenhet.«

»Du tänker några år framåt igen?«

Han tittar ner i bordsskivan.

»Det gör jag nog för det mesta. Men jag ville prata med dig först. Vill du inte, låter jag bli.«

»Om det är viktigt för dig, tycker jag att du ska. Men helst inte hela sommaren.« Hon stoppar en chilinöt i munnen.

»Stockholm är längre bort än Värmland«, säger han dröjande. »Jag kommer inte att kunna resa hit.«

»Vi kan resa bort tillsammans efteråt. Ta tåget till Köpenhamn och hångla i Glyptotekets vinterträdgård.«

Det känns som om han sjunker ihop där han sitter, men det känns lättare i bröstet än nyss. För det första låter hon honom åka, och för det andra går det att offra en sommar och ändå få vara tillsammans med henne. Inget antingen eller på samma sätt som vid nyår.

Vädermässigt är mars månad mest en väntan på att den riktiga våren ska komma och kunde lika gärna hoppas över.

Att inte träffa mamma, när hon kommer till Göteborg, skulle verka konstigt. Även om hon inte är här för hans skull utan för en jobbresa, går det inte att säga sig vara upptagen hela tiden.

Men det kanske kan bli bra? Nu har han bott här tillräckligt länge för att det ska bli hon som kommer till honom och är på hans hemmaplan. Han har valt sitt liv oavsett vad hon tycker om det.

De äter tidig middag på den asiatiska restaurangen på Vasagatan nära Heden. Här, en trappa upp, har de utsikt över gatan – som mest är grå och slaskig. Han har berättat att hans skola ligger i andra änden av samma gata. Om hon hade varit intresserad, hade han kunnat ta henne med dit.

»Den där flickan, kom inte hon med?« Mamma frågar precis när Andreas har stoppat en vårrulle i munnen.

»Laura är inte i stan i dag«, svarar han när han har svalt det sista. Betonar hennes namn aningen mer än nödvändigt. »Hon är på exkursion. Tittar på sprucken färg eller något. Men hon hälsar.«

Det sista är sant. Han måste le för sig själv över att Laura är mer storsint än vad hans mamma är. Är det bra eller dåligt att de två inte träffas i dag? På ett sätt skulle det vara skönt att visa upp Laura som ett fullbordat faktum. På samma gång är det nog rätt att inte låta mamma få se för mycket av hans liv. Det hade varit en annan sak om hon verkligen hade brytt sig.

»Hur länge till ska du studera här?«

»Sex terminer. Sedan kanske jag får tjänst som tingsnotarie någonstans i landet två år, men det beror på om betygen räcker.«

»Den här sommaren kommer du väl hem ändå?«

Lika bra att få det sagt.

»Jag ska faktiskt vara i Stockholm i sommar.«

Tystnaden är svår att tolka. Han fortsätter:

»Jag har pratat med pappas skolkamrat Karl Johan och fått möjlighet att sitta i receptionen på advokatbyrån där han arbetar. Och jag har pratat med farbror Rolf och fått hyra deras lägenhet över sommaren när de ändå är ute på landet.« Han lägger ifrån sig besticken för att inte vifta med dem. »Att jobba på byrå gör man annars först efter att ha läst ett år till, men det här är en chans att få lära mig något, och den tänker jag ta.«

Mamma äter under tystnad.

»Jag kommer ändå att fortsätta med juristutbildningen«, säger han och är nu fullkomligt lugn.

»Ja«, svarar hon till slut. »Du gör väl det.«

Laura har ställt fram absinten. Ettårsdagen av deras första natt i hennes kök måste firas. Det är underligt att det redan är ett år sedan – och att det bara har gått ett år. Kanske passande för ett möte som i sig verkade befinna sig utanför tiden.

»Jag hade redan sett dig på Pustervik och ville att du skulle komma fram och tala med mig«, säger Laura efter att de har skålat. Hon ler och lägger huvudet på sned.

»Jaså?«

»Jag gav dig små subtila tecken att du kunde komma fram, och det gjorde du ju.« Hon tar en ny klunk, medan han sitter tyst.

»Jag märkte bara att vi såg varandra i ögonen, men inget annat.«

»*Märkte* du ingenting?« Hon ger honom en blick under lugg.

»Jag tittade förstås på dig, men särskilt tydlig var du inte. Jag tyckte du var snygg och lite skrämmande, och den kombinationen gjorde dig väldigt lockande.«

»Skrämmande?« Hon korsar armarna och lägger dem på köksbordet.

»Mystisk då.«

»Det kanske låter *lite* bättre«, säger hon och låtsas se förnärmad ut.

Han flinar.

»Som om du någonsin skulle vilja uppfattas som vanlig.«

»*Touché!*« Laura skrattar med nedslagen blick. Andreas lutar sig framåt.

»Den där höstdagen i läsesalen kunde jag inte ta blicken från dig. Det var nästan jobbigt. Men det var skönt också.«

»Men du gick inte fram och talade med mig då.«

Han slår ut med ena handen och grimaserar.

»Jag hade inte en aning om vad jag skulle säga. 'Hej! Du är vacker. Vem är du?' Det hade inte blivit något bättre än på den nivån.«

Han lutar sig tillbaka medan hon tittar på honom med en fundersam min.

»Så värst illa låter det inte.«

»Det kanske beror på vem som säger det.« Han ler och skakar på huvudet. »Fast jag gjorde i alla fall bättre ifrån mig på Pustervik?«

»Du gjorde åtminstone *någonting*.«

»Jag kände igen dig innan jag hade sett ditt ansikte. Så starkt intryck hade du gjort på mig. Jag var väldigt förvirrad av alltihop.«

Hon trummar med fingrarna mot bordet och ler retsamt.

»Låter likt dig.«

»Du känner mig alldeles för bra.«

Hon nickar.

»Fast det har hänt saker på ett år«, säger hon.

»Och det kan bara bli bättre.« Han lutar sig framåt igen. »Jag har aldrig varit normal, bara när jag går med dig.«

Laura skiner upp.

»Du har till och med börjat citera Håkan Hellström!«

»Tala inte om det för någon bara!«

De ler och tar var sin klunk till. Andreas tittar ner i sitt glas och skrattar för sig själv.

»Alltså absint, det är verkligen inte gott!«

Laura skrattar och slår ner blicken hon också.

»Nä, jag vet.«

De tittar upp på varandra.

»Ska vi öppna en av dina flaskor bubbel i stället?«

»Jag har lagt två i kylskåpet.«

Det går inte att sitta och plugga i Lauras soffa. Andreas har bytt sittställning flera gånger, men ingen av dem är bekväm nog. Köksbordet är en bättre plats, men det har hon själv lagt beslag på. Han stönar, lägger ner boken på soffbordet och ser sig om.

Ett år och en dag alltså. Han kanske skulle städa, men det känns som om han stör henne bara han rör på sig. Dessutom skulle han förmodligen sortera några saker fel så att hon inte hittar dem sedan.

Han går ut i köket och börjar diska utan att säga någonting. Laura tittar upp från sina böcker.

»Du kan låta det där stå. Jag tar det sedan.«

»Är du säker?«

»Ja, jag satte mig här för att läsa i lugn och ro.«

Är det meningen att han ska fatta vinken och gå hem?

Andreas går ut i badrummet. Kontrollerar att sakerna står i ordning. Spegeln behöver inte poleras. Han torkar av kranen, som blir obetydligt blankare. Går ut ur badrummet. Sätter sig i soffan igen och ser sig omkring.

Det här fungerar inte. Han går ut i hallen och tar på sig jacka och skor. Går in till Laura igen.

»Jag går ner på stan nu och sätter mig kanske och pluggar några timmar efteråt.«

»Gör det«, säger Laura med någon sekunds fördröjning, fortfarande försjunken i sin bok och sina anteckningar.

»Eller också går jag ner till Rosenlund och köper sex.« Han säger det i lika vardagligt tonfall som nyss.

»Tror jag inte«, svarar hon med samma fördröjning och med samma lugn. Ingen idé att försöka provocera henne.

»Men tack för den här gången!« Han går fram till henne, böjer sig fram och kysser henne. Hon svarar med en snabb puss, ler mot honom med stängd mun och fortsätter att läsa. Hon sitter fortfarande försjunken i sina böcker, när han vänder sig om.

Fötterna bär honom i riktning mot centrum. Det går av gammal vana utan att han tänker närmare på det.

Det är underligt att det ska vara så svårt att vara nära inpå varandra någon längre tid utan att det börjar kännas trångt och den andras närvaro stör. Som att försöka sova tillsammans i en för smal säng. Det är som om det inte *kan* vara oproblematiskt mellan dem några längre perioder.

De skulle förstås kunna flytta ihop och bo större. Men de har aldrig pratat om den saken, och själv vill han i så fall vara säker på att de verkligen också kommer att fortsätta att leva tillsammans. Hon tänker förmodligen likadant. Det är väl därför hon inte har sagt något.

Pustervik ser litet ut på dagtid när det är stängt. Tänk om han inte hade hamnat här den där kvällen för ett år sedan. Då hade han alltid undrat vem den där Parisbohemen i läsesalen var.

Livet kan uppenbarligen förändras av en slump. Det vore skönare om det gick att tro på magiska ögonblick.

Hade han inte provat sig fram i sitt nya liv, hade han aldrig träffat Laura. Det krävdes både frihet och oförutsägbarhet för att göra det. Som nyinflyttad i en större stad utan den gamla omgivningens förväntningar på en, kan man möta vem tusan man vill och se vad som händer. Det är studentlivet som är själva förutsättningen för att de hittade varandra, för hon hade knappast mött honom annars, hon heller. Har hon också tänkt på det?

Han fortsätter att gå utan att tänka på vart och tar bron över Vallgraven och vandrar längs med Rosenlundsgatan.

Nu kommer studentlivet inte att vara för alltid. Om någon av dem behöver flytta härifrån för att få jobb efter examen, går det inte att räkna med att den andra kommer att flytta med. Och då tar förhållandet slut av sig självt, när man skiljs åt. Är det på det viset det brukar gå till? Visserligen är det flera år dit, men ändå.

Ett par i hans egen ålder står omslingrade utanför Fiskekyrkan. Tänker de kyssa varandra snart? Han passerar dem och anstränger sig för att inte vända sig om och se efter.

Ofta har han tänkt tanken att hans och Lauras förhållande kanske är för bra för att vara sant. Att det inte skulle kunna existera i en annan värld än just den här. Tillkommet av en slump och under väldigt speciella omständigheter.

Hela tiden som student är på sätt och vis en period som är för bra för att vara sann. Det är väl därför alla högtidliga tal handlar om att ta vara på den.

Studietiden skänker frihet att leva som man själv vill. Men den kommer inte att vara för alltid; det är själva villkoret för att den finns.

Är det samma sak med honom och Laura?

Den skandinaviska konstnärskolonin i Paris är i full färd med att inta sin champagnedränkta frukost. Tavlan är från 1886. Laura vet redan namnen på de flesta avbildade och berättar om hur man på den tiden reste till Paris för att komma närmare den mer nydanande konsten, få tillgång till en större marknad, utveckla sig själv och så vidare.

Det är underligt att det inte verkar tillgjort att gå omkring på konstmuseum med Laura. Här kan man dessutom se vad de flesta tavlor föreställer utan att behöva analysera först.

»Själv hoppas jag att få komma till Rom«, säger Laura, där de står och tittar på detaljerna i den stora målningen.

»Efter examen?«

»Nej, min praktiktermin nästa år. Det är dit jag helst vill, men institutionen ska godkänna det också.«

»En hel termin?«

Hon nickar.

»Jag hoppas att de vill ha mig, när det blir dags att söka.«

Andreas står tyst. Rom är för långt bort för att resa fram och tillbaka till över helgerna. De kommer inte att se varandra på en hel termin.

Om de skiljs åt då, kanske de fortsätter att leva åtskilda sedan också. För att det bara blir så.

Var detta slutdatumet för deras förhållande? Det kom tidigare än vad han hade trott.

»Ska du redan försvinna?« Hans röst låter livlös. Märktes det?

»Det är först nästa höst«, svarar hon. »Då får jag äntligen ägna mig åt hands on-konservering.« Hon ler med stängd mun.

Han vänder sig mot henne.

»Kan du inte stanna och ha praktik här i närheten då? Det verkar krångligt att resa bort en hel termin.«

Hon småler.

»Det finns inte precis mer barockmåleri i Sverige än vad det gör i Italien.«

Det är svårt att ha några invändningar mot det.

»Vi får prata om det ordentligt, när det närmar sig«, fortsätter hon, »men jag ville berätta för dig redan nu. Du ska ju till Stockholm i sommar, och själv vill jag verkligen till Rom.«

Han står tyst och tittar på målningen framför sig: Många män och en handfull kvinnor som just nu inte alls ägnar sig åt konst utan festar mitt på dagen, fria som de är från alla krav och relationer där hemma. En mörkhårig kvinna med lustig hatt befinner sig i förgrunden. Hon sitter tillbakalutad och är den enda som möter betraktarens blick. Självsäker och omgiven av män som vill fylla på hennes champagneglas.

Laura rycker honom i armen.

»Men det är ett år dit. Jag är inte död än.«

Kapitel 14

»Hur går det för vår sommarreceptionist?« Delägaren som skötte rekryteringen ler stort.

Andreas ler artigt tillbaka, där han sitter bakom disken.

»Tack bra. Jag har installerat mig och börjat systematisera lite för mig själv här. Har skrivit ner saker att komma ihåg.«

»Ambition, sådant tycker vi om! Har det ordnat sig med bostad?«

»Ja, jag hyr en lägenhet i Råcksta av släktingar, som är på landet över sommaren.«

»Smart!«

Andreas lägger händerna ovanpå sina anteckningar. Om han ändå kunde komma ihåg namnen på de tjugo som är anställda här! Kunde han dessutom komma på ett sätt att få dem att minnas honom, skulle det vara ännu bättre.

Det hade egentligen inte behövts en juridikstudent för att ta emot besökare, svara i telefon, koka kaffe och fylla på skrivaren; det är en form av låtsasjobb han har. Å andra sidan får han se hur det går till i branschen. Vara bland människor som är jurister på riktigt och suga i sig så mycket som möjligt av den världen.

På Strandvägen i Stockholm dessutom!

»Hur går det för min exilpojkvän?«

»Bra hittills. Men det har inte hunnit hända särskilt mycket på tre dagar. Jag försöker se ut som om jag har stenkoll.«

»Hur trivs du i Stockholm då?«

Andreas tittar upp i taket där han ligger i sängen i den mörka lägenheten.

»Jag har inte hunnit med särskilt mycket mer än jobbet än. Men det är en annan stämning i den här staden. Klart hårdare än Göteborg. Förutom att allt är större. Och dyrt.«

»Stressigt va?«

»Fast jag gillar det på sätt och vis. Det är liksom mer känsla av krav i luften.«

»Hur kan du gilla det?« Laura låter uppriktigt förvånad i andra änden.

»Det är som om det är här den riktiga utmaningen finns och att det är hit jag borde ta mig för att kunna bli så bra som jag egentligen borde.«

»Vill du verkligen det?«

»Bli så bra som möjligt?«

»Jobba i Stockholm.«

»Inte som receptionist.«

Det är redan ljust ute, trots att klockan ska ringa först om två timmar. Andreas sträcker på sig. Det går inte att somna om. Han är för pigg. Eller för uppskruvad.

Han tar tunnelbanan in till stan långt före klockan sju och promenerar från T-centralen bort mot kontoret utan att göra sig någon brådska. Det finns tid att gå långsamt och titta på husen han passerar utan att behöva navigera sig fram genom en långsamt rusande folkmassa.

Stockholm är vackert i juni. Innan storstadslivet har kommit igång för dagen, verkar det rent och oförstört också. Han kan stanna och suga i sig av atmosfären utan att bli påcyklad.

Han sätter sig på kajen och tittar ut över Nybroviken.

Sommarjobb i Stockholm – han tar sig fram i världen mer och mer. Det har inte varit hans fel att han har vantrivts på platser där han inte fått använda sin begåvning. Det har inte heller varit lätt att veta vilka miljöer som skulle vara rätt för honom. Men den där dunkla aningen om att egentligen höra hemma någon annanstans börjar äntligen få något konkret över sig. Det var rätt att ta sig hit.

Det blir ensamt att stanna här ända till augusti, men det går att stå ut med. Att vara här blir ett nytt sätt att få smaka på livet.

En tisdagsmorgon i augusti rycks kontorsdörren upp. Den storväxte delägaren, som ovetande har fått smeknamnet »Den brutale«, stövlar förbi receptionen och in på sitt kontor. Efter en halvtimme kommer han tillbaka ut.

»Hörru, jag kommer att parkera här och nattmangla några dagar, bara så du vet. Stor affär på gång för en klient. Måste ske nu under augusti.« Andreas nickar.

»Min biträdande jurist hade vänligheten att tycka att jag kunde klara av den själv utan att han behövde avbryta sin semester. Sådana förrädare blir inte långvariga här, kan jag tala om.« Det sista muttrar han med blicken åt ett annat håll.

»Kan jag underlätta på något sätt?« Det är värt risken att åtminstone fråga.

Den brutale ger honom en blick.

»Du är ju världsmästare i juridik, har jag hört. Jag kan behöva någon som hjälper till med kopiering och pärmbärande och är med på signing.«

Är det sarkasm eller bara jargong?

»Säg bara till vad jag ska göra.«

»Det händer ändå inte så jävla mycket här på sommaren, liksom.« Den brutale sveper med blicken över receptionsdisken men ser för första gången ut att småle.

Efter en sommar som mest har ägnats åt att svara i telefon och läsa kontorets tidningar på dagarna får Andreas nu ägna sig åt en helt annan sorts pappersexercis. Hans nye arbetsledare ger honom lyckligtvis tydliga instruktioner om vad som ska göras, så han inte behöver tänka ut allting själv och riskera att göra fel. Vid slutförhandlingen den tredje dagen får han även närvara vid själva mötet, eftersom det behövs någon som håller i pappren. Ett lysande tillfälle att se och lära. I det här rummet får han höra termer som inte har förekommit i utbildningen: funds flow, closing agenda, consent letter ...

Men att se Den brutales förhandlingsförmåga! Förutom att han imponerar genom att vara påläst och alltid ha färdiga svar på alla frågor, gör han skäl för sitt smeknamn. Den tvärsäkra och hårdkokta stilen fungerar. Här är en advokat som vet hur man får sin vilja igenom.

Det är juridik på riktigt. Det som kommer efter studierna.

När affären är avslutad och alla papper påskrivna, blir Andreas bjuden på champagne ur byråns lager när han och advokaten är ensamma kvar. Champagne smakar mer när man har förtjänat den. Det är nästan som om han hade deltagit i förhandlingen själv. Tur att han är för trött av anspänningen för att se omotiverat stolt ut.

»Tack för din insats!« Den brutale ser riktigt vänlig ut. »Det är du och jag som svarar för den här firmans omsättning i augusti.«

»Tack för att jag fick vara med. Det var lärorikt.«

»Jo, du fick nog med dig lite extra mot vad du hade väntat dig. Du sitter väl i receptionen nästa år också?«

Det låter som ett konstaterande av något självklart. Andreas söker hellre en tjänst som sommarnotarie vid någon stor advokatbyrå nästa sommar för att få arbeta med något mer kvalificerat, men det kan han inte säga här och nu. Om han ens kommer att få någon av de få platserna är dessutom en annan fråga.

»Ja, det skulle kunna vara något«, säger han med så stadig röst han kan. Ett diplomatiskt och icke-förpliktande svar.

»Gör det! Jag tror att du har framtiden för dig. Var det i Stockholm eller Uppsala du pluggade?«

»Göteborg.«

»*Göteborg?* Men för helvete!« Den brutale grimaserar och är sitt vanliga jag igen.

Andreas blir blick stilla.

»Är det något fel?«

»Nänä, jag hade bara fått intrycket att du tog det här seriöst.«

»Jag är i alla fall nöjd med utbildningen så här långt«, svarar Andreas för att ha någonting att säga men utan att samtidigt käfta emot.

»Ja, men då så!« Den brutale avslutar samtalet genom att svepa sitt champagneglas. »Nej, nu ska jag tillbaka till Visby och förbereda för några gäster. Jag säger till att de tar med i intyget att du har hjälpt till lite extra, så kanske du får användning för det. Lycka till med resten av jobbet!«

Lauras röst låter som om den hörde hemma i en annan värld. Själv har han i alla fall något nytt att berätta för henne.

»Jag har avancerat och fått vara med vid en riktig affär.«

»Vad gjorde du då?«

»Såg till att advokaten hade allt material, tog emot klienterna och satt med vid den avslutande förhandlingen. Men det sista har jag tystnadsplikt om.« Han försöker att inte låta alltför belåten, när han säger det sista.

»Gillar du sådant?« Han nästan hör hur hon rynkar pannan.

»Det var lärorikt – och väldigt häftigt också. Det var första gången som jag var i juridiken på riktigt, och jag tyckte om det. Nu vet jag att det är affärsjuridik jag vill hålla på med.«

»Om du säger det, är det väl så.«

»Jag fick använda min begåvning i den verkliga världen. Och jag fick ett erkännande för vad jag gjorde. Sådant betyder mycket!« Han tar fram en folkölsburk ur kylskåpet och öppnar den. »Fast stockholmarna verkar inte bry sig om att det finns universitet utanför Stockholm.«

»Vilken överraskning!« Lauras sarkasm går inte att ta fel på.

Andreas sätter sig vid köksbordet utan att hämta något glas.

»Du har det lättare, som går en utbildning som bara finns på ett ställe i Sverige. Alla vet att det är den som gäller.«

»Och det är skillnad på var någonstans man pluggar juridik, menar du?«

»Det verkar så. Jag tror inte att min byrå skulle ha släppt in någon med examen från Umeå.«

»Fast de släppte in dig.«

»För att sitta i receptionen, ja.«

»Nå, när kommer du hem?«

»Till Göteborg? Jag har en och en halv vecka kvar här. Sedan blir det förstaklassbiljett tillbaka.«

Hon skrattar.

»Värst vad fina vanor du har lagt dig till med nu för tiden.«

De ligger nakna bredvid varandra och hämtar andan. Han stryker Laura över hennes mörka hår. Att ha henne intill sig för första gången på länge är att bli mera sig själv igen. Bli återställd. Hans händer minns henne. Att hon har gått upp något kilo sedan sist gör henne bara kurvigare, och han gillar det. Bäst att ändå inte säga någonting om saken.

»Det här behövde jag.«

Hon skrattar åt honom.

»Fortfarande lika romantisk!«

»Jag menar att jag behöver dig«, svarar han. »Efter mina månader i Stockholm är Göteborg en främmande stad igen. Jag vet knappt var jag bor längre. Det enda jag vet är att jag vill vara med dig.«

Hon kysser honom lätt.

»Som jag ser det är du skyldig mig att följa med åtminstone på en Köpenhamnsresa efter den här sommaren. Men jag tror inte att det kommer att bli någon betungande uppgift att resa bort med mig.«

»Bara jag får vara tillsammans med dig, får du släpa med mig på hur många tråkiga museer du vill.«

»Jag har då inte tid att gå på några *tråkiga* museer.«

De skrattar tillsammans.

Champagneflaskan han hade med sig borde vara tillräckligt kall nu. Han skulle kunna gå upp och hämta den, men han vill ligga kvar lite till. Ligga här och vara befriad från alla måsten och samtidigt vara nära den som verkligen betyder något.

Kapitel 15

Han begriper ju inte ett jävla dugg! Andreas vill rusa ut från Handelsbiblioteket och skrika, men han nöjer sig med att gå därifrån. Försöker att inte se ut som om han har bråttom. Det går inte att sitta kvar och stirra ner i boken som tycks gapa åt honom att han inte fattar något.

När han står utanför ingången vill han för första gången i sitt liv verkligen röka. Vad som helst, bara det kan lugna honom.

Hela hösten har det gått trögare att hänga med i studierna. Är det nu han kommer att skriva underkänt på tentorna och falla ifrån? Femte terminen är kanske svårare för alla?

Han gnuggar sig i ansiktet och tar några djupa andetag. För många tankar.

Den förbjudna frågan skaver men kräver ett svar: Är det verkligen i Göteborg han ska stanna? Om han får erkänna det för sig själv, skulle han hellre ta sig till Stockholm. Om det bara handlade om jobb, alltså.

Sedan han kom tillbaka, har Göteborg blivit som en annan stad. Han ser på den på ett annat sätt än förr. Undrar hela tiden om han ska stanna här, undrar vad han vill. Om miljön är fel, är det bäst att byta. Vill han till Stockholm i framtiden, borde han ta sin examen där också.

För att komma fram till ett svar på frågan, krävs att han bortser från Laura – som om det vore möjligt.

De har börjat få gemensamma rutiner, handlar mat och gör veckomatsedlar tillsammans som ett riktigt par. Men skulle någon fråga honom om de fortfarande kommer att vara tillsammans om tre, två eller bara ett år, så vet han inte. Kan inte veta.

Världen utanför deras bubbla har visat sig; han tänker redan på framtida jobb, och hon planerar för sin utlandspraktik.

Det finns till och med ett datum för när hon försvinner. De drivs mot vattenfallet som är dagen när hon reser till Rom för ett halvår. Vem vet hur förändrad hon kommer att bli av att vara där? Eller vem hon kommer att träffa? Någon som inte tvivlar på sig själv eller på sin framtid.

Hon kanske inte ens kommer tillbaka!

Han kan inte begära av henne att hon ska låta bli att resa, när det är det hon vill, men världen verkar redan tala om för honom att den kommer att rycka dem ifrån varandra.

Han måste stödja sig mot väggen och ta några djupa andetag.

Laura måste rimligtvis ha insett samma sak, kanske rentav före honom. Ändå verkar hon sorglös inför framtiden och ser fram emot allt som kan hända. Varför plågar det bara honom men inte henne att tiden är utmätt? Hon är *glad* över att resa nästa höst!

Han behöver ha en plan. Återta kommandot. Inte överlåta till livet att göra valen åt honom, utan agera själv.

Men det går inte att komma på en plan för någonting, så som det ser ut just nu. Föreställa sig livet efter Laura. Nej, det går inte! Han börjar vandra runt efter att ha tänkt det otänkbara.

Det enda han vet om framtiden är att han ska ta examen och få ett bra arbete efteråt. Men om han får dåliga betyg kan han inte ta sig dit. Och innan han blir klok på vad han vill göra, är han inte skärpt nog för att klara betygen.

Och Laura kommer att åka till Rom, oavsett vad han gör.

Han knyter näven och slår den hårt i närmaste träd.

»Jag tror att det är kört med kursen i arbetsrätt«, säger Andreas, där han står och river morötter.

Laura ser upp från köksbordet och sin bok.

»Tror du inte att du kommer att klara den?«

»Jag skulle inte klara tentan tillräckligt bra. Och i så fall är det bättre att lämna in blankt och skriva om den senare.«

»Vore det inte skönare att bli av med den nu i stället?«

»Kanske«, svarar han och tittar rakt framför sig. »Ärligt talat vill jag helst bara slippa allt jobbigt just nu. Men det går inte.«

Han säger inte mer. Förmodligen verkar det som om han tjurar enbart över att studierna går trögt, och det är kanske bättre att Laura tror det. Hon skulle knappast trösta honom, om han sa att han var orolig för att hon skulle lämna honom.

Laura slår ihop sin bok.

»Vi kan prata om något roligare. Om jag skulle hamna i Rom nästa höst, måste du absolut komma ner och hälsa på, så går vi ut tillsammans.«

Han kniper ihop ögonen och drar efter andan när han hör det. Tur att han står med ryggen mot henne.

»Där finns fantastisk konst, god mat, massor av vin och starkt kaffe. Nästan allt jag behöver.«

»Och en massa italienska män«, hör han sig själv säga och grimaserar.

Hon skrattar.

»Inte har jag tid med sådant. De nakna italienare jag ägnar mig åt kommer att bestå av olja på duk allihop.«

»Ja. Det var dumt sagt av mig.« Han slätar ut ansiktet innan han vänder sig om för att få se henne – och låta henne se att han ångrar sig.

Hon tittar på honom och lägger huvudet på sned.

»Blir du ledsen om jag åker?« Hennes tonfall har en helt annan mildhet jämfört med nyss.

»Ledsen och ledsen«, säger han och stöder sig mot köksbänken. »Jag vill inte vara utan dig en hel termin, men jag har ingen rätt att hindra dig från att åka. Det ingår i din utbildning att ha praktik, och du vill göra den i Rom.«

Han låter blicken falla på hennes hopslagna bok.

»Du ska se att en termin kommer att gå snabbt«, säger hon. »Sedan är jag tillbaka hos dig igen.«

Vem försöker hon övertyga egentligen?

Laura är pratglad. De har sovit till klockan elva, och hon har ingen tid att passa förrän i eftermiddag. Han smuttar på sitt kaffe och har ingenting att säga.

Hon tystnar, ser på honom och tar ett djupt andetag.

»Jag har försökt undvika frågan den här hösten, men jag undrar i alla fall vad du tänker på alla dina tystlåtna stunder.«

»Framtiden.« Det är ingen speciell klang i hans röst.

»Funderar du över Rom igen?«

Han skakar på huvudet. Undviker att möta hennes blick.

»Jag funderar på vart jag själv kommer att flytta efteråt.«

»Efteråt?«

»Efter examen. Antingen får man sitta ting någonstans, eller också får man börja vid någon bra advokatbyrå. Och det är i Stockholm som de flesta bra jobben finns.«

»Du tror inte att du stannar här alltså?« Det är som om hon både frågar och konstaterar på samma gång, medan hon tar en ny sked vaniljyoghurt och tittar på honom.

»Kanske inte.« Han tittar stint på bordsskivan. »Här finns färre riktigt bra arbetsplatser att konkurrera om.«

»Så du tänker redan på att flytta?«

Andreas drar efter andan.

»Jag har faktiskt funderat på om det till och med skulle

vara möjligt att flytta tidigare«, säger han och ser Laura i ögonen. »Att jag skulle läsa klart juristprogrammet någon annanstans. När nu namnet på universitetet spelar roll för dem som anställer.«

Hennes hand som håller skeden blir hängande i luften.

»Hur länge har du tänkt på det här?«

»Sedan i somras. Om de bra byråerna i Stockholm helst anställer folk därifrån, kanske jag skulle ha större chans om jag fick min examen där. Eller i Uppsala.«

»Du menar att du skulle flytta härifrån?« Hon ser ut som om hon förstår vad han säger men inte kan tro på det.

»Det är väl rimligt om jag ska plugga där.« Han försöker att inte låta irriterad. Det hade varit bättre att inte nämna saken innan han hade tänkt igenom alltihop närmare.

»Och varför duger inte Göteborg längre?«

»För mig duger det, men det kanske inte är bra nog åt alla arbetsgivare.«

»Har du gjort upp detaljerade planer för det här?«

»Bara funderat på saken.«

Hon lutar sig fram över köksbordet.

»Är du rädd för att du aldrig får jobb på något flådigt kontor på Strandvägen om du 'bara' har examen härifrån?« Hon talar långsamt, och han försöker förstå vad som finns i hennes tonfall.

»I princip ja. Fast du får det att låta så ytligt.«

»Det är bara det att du inte riktigt har längtat till just det förut«, säger hon och låter som om hon fortfarande håller på att förstå vad han säger. Låter hon sorgsen också?

»Jag tror att jag har hittat min inriktning nu. Och ärligt talat vill jag hellre vara affärsjurist i Stockholm med klienter som är någonting att ha, än att vara handläggare på någon utlokaliserad myndighet.«

»Och den framtiden avgörs nu, menar du?«

Han tittar åt sidan.

»Det har jag ingen aning om. Det skulle bara vara dumt att inte ta vara på de bästa möjligheterna man kan få.«

»Det här har du tänkt på sedan sommaren alltså«, konstaterar hon kort.

»Mer eller mindre ja.«

»Och du har inte sagt något«, fortsätter hon och låter mer bestämd.

»Du bryr dig väl inte om juristjobb?«

»Nej«, säger hon med visst tryck på ordet, »men det vore trevligt att få veta i förväg om du tänker försvinna från Göteborg och i så fall varför.«

»Om jag skulle flytta, har ju det ingenting med *dig* att göra.«

»Tydligen inte. Det är det som stör mig.« Hennes replik kommer omedelbart. Det han sa måste ha låtit värre än vad han menade, men nu är det för sent.

Laura fortsätter:

»Skulle du flytta från stan – och mig – om du fick chansen?«

Han vänder sig bort. Får anstränga sig för att se på henne igen.

»Det är inte att jag skulle flytta från dig utan till en utbildning med bättre chanser efteråt. En sådan sak skulle vi dessutom behöva prata ordentligt om. Du ska ju själv iväg nästa höst.«

Laura verkar inte imponerad.

»Jo, men det ingår i utbildningen, och det har jag varit ärlig med hela tiden. Men du verkar ivrig över att flytta, och det får mig att undra.«

»Men om att byta studieort skulle göra stor skillnad för

framtiden, skulle det inte vara värt det då? Skulle inte du ta den chansen, om du kunde?«

»Det är inte det att jag inte vill att du ska lyckas«, säger hon. »Men när du talar om framtiden, talar du bara om dig själv. Och om du plötsligt får för dig att flytta till andra änden av Sverige så angår det visst inte mig. Det stör mig faktiskt.«

Han harklar sig.

»Ta det inte fel nu, men hur det blir med oss två i framtiden *vet* jag ju inte. Jag vet desto mer att jag behöver en examen och att den behöver bli så bra som möjligt.«

Laura spärrar upp ögonen.

»Herregud! Hör du hur du låter?«

Hon reser sig och vandrar runt i köket. Han följer henne med blicken.

»Du frågade vad jag tänkte på. Nu fick du veta det. Det är faktiskt inga roliga tankar för mig heller.« Om bara det här samtalet kunde ta slut.

Laura vänder sig mot honom efter att ha stått still en sekund.

»Du lämnar det du har, så fort något bättre dyker upp.«

»*Om* jag skulle flytta från dig, skulle det inte vara särskilt roligt«, säger han. »Men du skulle förmodligen hitta någon ny lättare än jag.«

Han hör hur fel det låter.

Lauras tystnad bådar inte gott.

»Är det så du ser på mig?« Hon lägger armarna i kors och pressar ihop läpparna.

»Jag *vill* inte att det ska ta slut mellan oss. Då hade jag inte nojat om din praktiktermin. Det enda jag säger är att jag funderar på om jag kan göra min egen utbildning ännu bättre. Inget annat. Jag har inga planer på att flytta ifrån dig. Dessutom vet vi ju inte hur allt ser ut om ett år.«

Laura står tyst och ser på honom.

»Nej, vi gör väl inte det.« Hennes röst är tunn.

»Om det blir någonting, får vi prata om det då.«

Hon ställer sig och ser ut genom köksfönstret.

»Jag antar det.«

Vad ska han säga? Att ens andas för högljutt skulle göra situationen värre.

»Vi har någonting tillsammans«, säger Laura, fortfarande stående vid fönstret. »Ibland har jag varit orolig för att det ska gå åt helvete utan att vi skulle begripa varför. Jag har inte vetat varför jag har varit orolig.«

Han skulle vilja gå fram och hålla om henne utan att säga något. Trösta henne och visa henne vad han egentligen vill. Men han sitter kvar.

»Kan vi inte bara strunta i alltihop?« säger han. »Inget av det vi har pratat om är ju ens verkligt än.«

Hon vänder sig mot honom.

»Vi pratar inte mer om det. Men du får se till att äta upp och komma iväg. Jag ska ägna mig åt kulturvårdsteori i dag.«

»Slänger du ut mig?«

»Fråga inte, är du snäll.«

Det går inte att begripa något av föreläsningen. I stället sitter Andreas och gör anteckningar om vad han borde säga till Laura och hur mycket av det som skulle gå att förklara.

Han hade aldrig trott att hon skulle fråga efter hans ofärdiga tankar om vad som kanske händer sedan.

Varje nytt svar gjorde bara saken värre. Var det hans svar eller hennes frågor som var fel formulerade?

Att hon av alla människor skulle vara den minst lämpliga att nämna sina tankar för! Hon som han vill dela livet med.

Det är meningslöst att sitta kvar. Knut ger honom en frågande blick när han reser sig och går, men han möter den inte. Har redan mobilen i handen när han stänger dörren efter sig så tyst han kan.

»Jag skiter i att fundera på någon flytt.«

»Är du säker?« Hon låter inte lika lättad som han hade hoppats.

»Jag hade kanske övervägt det om jag bara haft mig själv att tänka på, men nu är det dig jag vill vara med, och då kan jag inte försvinna någonstans.«

»Jag tror att du försvann i dina egna tankar.«

»Du vet inte hur rätt du har!«

»Är det något mer du tänker på, som jag borde veta?«

»Nej. Inte nu längre.«

Kapitel 16

»Värst vad du breder ut dig!« Laura låter måttligt förtjust, där hon står och sorterar om i sin bokhylla och tittar över axeln på Andreas, som ligger raklång på hennes soffa.

»Jag har idiotpluggat de senaste veckorna«, svarar han med blicken mot taket.

Laura vänder sig mot honom.

»Du har knappt tid att träffa mig för att du pluggar, och när du träffar mig pratar du om att plugga det första du gör.«

Han ser henne i ögonen.

»Det är det enda sättet att studera som fungerar för mig, om det ska bli något bra resultat.«

»Jag studerar också på universitet, men jag isolerar mig inte för att sedan storma in hemma hos dig, fläka ut mig och vilja ha sex som avslappning.«

Han tvingar sig att inte se på Lauras kropp alls. Som om hon märkte tankarna bakom hans blick. Hennes sätt att titta på honom får honom närmast att undra om han har smutsat ner någonting där han ligger. I hans väska ligger en flaska vin som han har köpt till henne och tror att hon skulle tycka om, men det spelar visst ingen roll nu.

Han sätter sig upp.

»Men det förstår du väl att du är den sista som jag vill göra mig till för? Jag vill bara vara mig själv med dig och slappna av.«

»Du är så angelägen om vad folk ska tycka om dig att du ständigt anstränger dig för att ge rätt intryck.« Hon talar svagt och är vänd mot bokhyllan igen. »Numera verkar jag vara den enda som du inte anstränger dig för. Du bara räknar med att jag ska finnas här och ställa upp för dig. Hur tror du att det känns?« Hon ser honom i ögonen efter de sista orden.

Vad svarar man egentligen på det?

»Det är tråkigt att du tar det så.«

»Det där är en syskonursäkt!« muttrar hon under lugg och med kraftigare röst. »Och den betyder 'Det skiter väl jag i.'«

Hon vrider sig bort men står kvar utan att säga någonting. Andreas tar ett djupt andetag.

»Alltså«, säger han och lutar sig framåt, »jag pluggar hårt för att jag har ett mål. Det är väldigt många saker som jag får offra på vägen dit, men jag gör det för att jag vill tro att det är värt det. Jag håller på att ta bort hindren för livet som jag vill ha. Det är jobbigt, men det är inte meningen att det alltid ska vara på det viset. Och det är inte ditt fel att jag är trött på dagarna, men jag tar faktiskt illa upp om du klandrar mig för att jag är trött.«

»När frågade du mig senast hur det går med mina studier?« Laura ser ner i golvet och låter sorgsen.

»Du berättar ju knappt något nu för tiden. Jag vet inte ens vad jag ska fråga om.«

Hon säger ingenting, men står fortfarande kvar. Det ser nästan ut som om hon fryser, fast hon är inomhus. Borde han gå fram och krama om henne, eller är det bättre att hon får vara i fred?

»Laura«, säger han med mildare röst, »jag vill inte såra dig, men jag märker att jag gör det ändå.«

Hon säger ingenting. Inte ens ett ja.

Han blundar.

»Jag önskar att jag kunde visa hela tiden vad jag egentligen känner för dig, även om jag verkar glömma det ibland. Det är inte lätt alltid. Jag har aldrig riktigt provat att leva ihop med någon förut och vet inte allt det där man behöver veta och ska tänka på.«

»Jag vill att du anstränger dig för mig.« Hon har tagit några omärkliga steg och står framför honom.

»Och hur kan jag göra det på ett bra sätt?« Han tar hennes ena hand i båda sina och ser på henne medan han försöker minnas hur han såg henne den där dagen på Järntorget. Han vill älska henne, men ibland är det svårt att ens *se* henne.

»Genom att finnas till för mig«, svarar hon. »Inte prata om dig själv och din framtid hela tiden utan bara finnas här för min skull, lyssna på mig och ge mig stödet jag behöver.«

Han nickar.

»Okej.« Han klappar på den lediga platsen bredvid sig i soffan. »Sätt dig och berätta hur du har haft det, så lyssnar jag.« Han tar fram mobilen och stänger av den medan hon ser på. »Om du vill att jag stannar, gör jag det. Om du vill vara ensam, slänger du ut mig.«

Hon kryper upp intill honom. Han säger ingenting utan väntar på henne. Hennes kropp blir mer och mer avslappnad ju längre hon sitter där.

På natten, precis när han ska somna, undrar han om hon gråter där hon ligger bredvid honom.

Han säger förlåt när han råkar röra vid henne i köket. När han sätter sig undviker han att möta hennes blick för säkerhets skull. Om han sitter still kommer stolen förhoppningsvis inte att knarra.

Nu måste han tydligen tänka på allt han säger och gör. Den där känslan av beroende, som han inte har velat ha gentemot Laura – nu finns den plötsligt där. Som om han vore en inte särskilt välkommen gäst: Nej, använd inte det porslinet. Öppna inte ett nytt mjölkpaket innan det gamla är tomt. Sörpla mindre är du snäll.

För att inget ska bli värre, säger han inte emot henne. Säger ingenting.

Hon sitter inte ens mitt emot honom, när de sitter och äter frukost, utan hon sitter bokstavligt talat på tvären och med ryggen lutad mot väggen intill i stället för mot ryggstödet.

»Vad har du tänkt göra i dag?«

Andreas tittar rakt framför sig och fortsätter att tugga på sin råghalva. Att nämna något om att plugga juridik skulle säkert vara fel.

»Det där som vi inte ska prata om.«

»Nähä«, svarar hon rakt ut i luften och utan något särskilt uttryck i rösten. »Är det något mer du ska göra, som vi inte ska prata om?«

Han tittar upp.

»Och vad skulle det vara?«

»Det vet du bäst själv. Eller gör du det?«

Hon tittar på honom. Han möter hennes blick. Låter bli att svara.

»Planera flytt till Stockholm till exempel«, fortsätter hon.

Han blundar. Har ögonen slutna längre än vanligt.

»Om du bara ska vara elak, får du hellre vara tyst. Jag ska ändå strax gå.«

»Ja, det är klart du ska. Naturligtvis ska du det.«

Det är mest för att inte göra allt värre som han inte reser sig och går genast.

Laura sitter kvar hon också.

»För inte duger Göteborg åt dig. Bara det bästa är gott nog åt den som tvivlar på sig själv hela tiden.«

»Jag vill inte höra på det här«, säger han med tryck på varje stavelse.

»Du borde tro på dig själv mer, då skulle allt gå lättare.«

Han rätar på sig och skjuter stolen han sitter på bakåt.

»Nu får det faktiskt räcka!«

»Du är ju bara fylld av vad andra tycker«, säger Laura i ett tonfall som låter mer sorgset än elakt.

Han stirrar på henne.

»Och nu kommer du och vill bidra, hör jag.«

»Du bryr dig mer om andra. Den som vill tycka om dig betyder mindre för dig än de du tror att du kan ha nytta av.«

Han skakar på huvudet. Nästan rycker det i sidled.

»Det är inte sant. Du är bara sur för att jag inte lever upp till bilden du har av mig.«

»Vad har jag för bild av dig då? Svara på det!« Hon har kommit lite för nära honom nu.

»Inte vet jag, men du vill göra om mig.«

»Det är ju du som vill göra om dig själv för att någon annan ska bli nöjd.«

»Varför är du ens ihop med mig, om jag nu är en så dålig människa?«

»För att du inte är sådan egentligen. Du verkar vilja bli det, och det gör ont att vara nära.«

Han grimaserar.

»Jaja fint, hota med att göra slut bara.«

»Så det skulle inte betyda något, menar du?« Hon tittar på honom under lugg.

»Inte när du håller på som du gör.«

»Det är just det.« Laura slår ut med sin ena arm i luften. »Så fort något inte passar, vill du rymma och börja om någon annanstans.«

»Att stanna kvar i Charlottenberg hade ju verkligen gjort mig till en bättre människa.«

»På ett sätt är du ju kvar där.«

»I helvete heller!«

Laura fortsätter med lugnare röst än nyss:

»Jo, du bär det med dig. Allt du gör, gör du för att du vill komma bort därifrån, inte för att du vill något för din egen skull.«

»Kan du inte bara skita i varför jag vill göra saker? Jag behöver inte redovisa vad jag tänker.«

»Jag märker det ju ändå. Varför vill du vara med mig?«

Han känner hur han rynkar pannan och kniper ihop ögonen.

»Det där har vi redan pratat om. Det var inte för att du skulle göra om mig.«

»Om jag kunde få dig att själv vilja någonting för din egen jävla skull, så skulle både du och världen bli bättre av det.«

»Lägg ner. Bara lägg ner.« Han slår handen mot bordsskivan. »Varken du eller någon annan ska få göra om mig.«

Laura närmast rycker upp sig själv från stolen och börjar gå omkring i det lilla köket.

»Det handlar inte om att göra om. Det är bara du som ser det så. Jag tycker du ska fråga dig själv vad du vill och varför.«

Han stiger upp och ställer sig framför henne. Han vill skrika men pressar fram orden i stället.

»Varför vill du att jag ska ändra på mig? Kan du svara på det?«

»Därför att du skulle vara så mycket bättre om du inte var så förbannat ängslig hela tiden för vad andra tyckte.« Hon lutar sig framåt med armarna framför sig.

»Jag skiter i vad du säger«, svarar han och lägger armarna i kors. »Nöjd?«

»Nej«, svarar hon med en grimas, »för om du inte brydde dig skulle du inte ha frågat.«

»Du har aldrig varit beroende av att bli accepterad av andra«, hör han sig själv säga när han ställer sig närmare henne. »Du tror att det bara är att strunta i allt och alla och sedan bli lycklig av det. Newsflash: Det fungerar inte så!«

»Och du har aldrig vågat bli din egen eftersom du är så rädd för vad någon skulle tycka om det!« Hon skriker verkligen.

De står och glor på varandra utan att säga någonting. Det går inte ens att veta vad han känner just nu. Laura nickar för sig själv och ställer sig vid köksfönstret.

Det var skönt att säga emot – och ändå vill han inte vara elak mot henne, ens när hon sårar honom. Egentligen vill hon nog inte såra honom heller, så varför gör hon det?

Laura står kvar och ser ut genom köksfönstret. När hon börjar prata igen låter hon alldeles lugn.

»Det är inte sant att jag struntar i allt. Om det verkar så, är det väl för att jag är bra på att spela. Jag kan verkligen bli sårad av andra, men jag vill inte visa det. Inte för någon som inte betyder något för mig i alla fall.«

Han svarar ingenting på det. Hon vänder sig mot honom.

»Du tror att jag inte bryr mig, men det gör jag. Och jag bryr mig om dig. Jag önskar att du kunde släppa allt som du bär med dig hela tiden.«

Hon blir tyst en stund, innan hon fortsätter.

»Men det är ditt liv.«

»Laura och jag har grälat«, säger Andreas där han sitter på nedre laven i bastun på Olofshöjd. »Grälat riktigt jävla ordentligt.«

»Vad gällde det?« frågar Knut som sitter på den övre. Det är skönt att de inte kan se varandra i ögonen. Av någon anledning går det lättare att prata om Laura då.

»Jag vet faktiskt inte. Det är det som är det värsta. Vi blir osams för allting nu för tiden. Ibland är det som om hon vill hitta fel hos mig.«

Han häller en skopa vatten på stenarna ovanpå aggregatet. Sitter tyst medan värmen slår emot honom.

»Jag gillar henne verkligen och vill vara med henne«, fortsätter Andreas. »Det har bara aldrig varit meningen att planera resten av livet så snabbt. Hur många gör det redan nu liksom?«

»Det vore nog mer oroväckande om ni gjorde det. Det skulle låta som ett resonemangsäktenskap, något man gör mellan två grannfamiljer för att slå ihop ägorna.«

Andreas skrattar till.

»Jag har i alla fall inga ägor att slå ihop med någon. Det är väl en del av problemet. Jag måste först skaffa mig ett liv som är någonting att ha.«

»Vi håller väl på rätt bra allihop?«

»Som vi gör! Det verkar svårt att vara en bra pojkvän och samtidigt vara bra på att plugga. Det går ut över Laura, men det är inte hennes fel. Det gör ont att se henne ledsen och veta att det beror på mig.«

Han hämtar andan.

»Ibland tänker jag att hon skulle ha det bättre utan mig, i alla fall tills jag var ikapp med allt det här och blev mera människa igen. Det är inte att tänka på någon bal i år.«

»Du får väl säga det till henne att du faktiskt inte vill ha det så här.«

»Jag har varit på väg flera gånger. Men sedan tänker jag att om hon ska tro mig så måste jag också sluta oroa mig för framtiden. Byta liv i princip. Det är inte så enkelt, men hon skulle troligtvis säga att det bara är att göra det.«

»Och det är det inte, menar du?«

Andreas skakar på huvudet.

»Jag kan inte garantera att jag ska sluta oroa mig. Jag är tyvärr rätt säker på att jag skulle göra det igen. Och då skulle hon tycka att jag hade ljugit för henne.«

Han slänger på en ny skopa vatten, och ångan kramar om deras kroppar en kort stund, medan de sitter tysta.

Ständigt denna väntan på att den hetsiga perioden ska vara över. Tänk om det aldrig är över. Tänk om tillvaron alltid kommer att vara en väntan på att det ska bli bättre sedan.

»Du vet att vi behöver prata.«

Laura står på en meters avstånd, men hennes ord får det att kännas som om hon hade skakat om honom. Han ska precis gå efter att ha varit inne och vänt. Hon blev glad för rosorna, och han trodde att det hade reparerat åtminstone någonting mellan dem.

»Måste vi det just nu?«

Laura lägger armarna i kors och nickar långsamt.

»Jag tror att det är dags för det.«

»Men jag behöver plugga. Inser du hur viktig den här tentan är?«

»Jag vill att du tar dig tid att lyssna. För vi behöver båda bli klarare över hur vi ska fortsätta tillsammans.«

Han stirrar på henne.

»Kommer du med det i tentaveckan? Det här är utpressning.«

Hon tar de sista stegen fram till honom och håller om hans arm.

»Lyssna nu. Det vet du att det inte är. Men den här gången är det jag som behöver dig. Du är inte den enda i universum som tänker på dina studier, men du är den enda som är tillsammans med mig.«

»Jag tycker inte om att du vill tvinga mig att välja.«

Hon skakar på huvudet.

»Det handlar inte om något sådant.«

Hon står kvar med sin arm över hans. Är hennes ögon glansiga? Efter en stund börjar han knäppa upp jackan men tar ett steg åt sidan och knäpper den igen.

»Jag har ett förslag: Jag pluggar den här veckan, skriver tentan på torsdag, och när jag är klar med den ska vi prata med varandra ordentligt, och jag ska bara ha tid för dig så att vi hinner ikapp med att förstå varandra.«

»Kan du inte avvara en timme innan dess?«

Han blundar.

»Om vi börjar prata, tar det mer tid än en timme, och det vet du också.«

»Gör jag?« Hennes röst är svag.

»Du vet att jag inte kommer att kunna tänka på någonting annat i så fall, och just nu behöver jag tänka på just något annat.«

»För att få bästa möjliga betyg?«

»Ja, precis så ytligt är det.«

Hon står fortfarande märkvärdigt stilla.

»Du kan blanka den här gången och skriva tentan senare. Du har själv sagt att det går att göra så.«

Han tar ett steg bakåt.

»Be mig inte om det. Det där var under bältet!« Ska *hon* av alla människor be honom att lämna in en blank tenta? Det är för att han tänker för mycket på henne som studierna går trögt.

»Jag vill bara att du ska stanna hos mig utan att tycka att du måste välja mellan mig och studierna. Tentan kan du ju ändå göra om.«

Andreas skakar på huvudet.

»Den här gången har jag inte plats för en rest till. Nu

måste det bli bra. Det är som en expedition till Antarktis. Jag skulle inte kunna komma hem på en gång för att du bad mig, hur mycket jag än ville.«

»Men du är inte i Antarktis. Du är här!«

Den eländiga tentan i internationell rätt och ekonomi är äntligen skriven. Andreas vill bara glömma den nu.

Laura öppnar dörren med ett svagt hej. De blir stående i hallen medan hon frågar hur han tror att det har gått. Han berättar, och hon nickar och kommer med enstaviga svar.

När han har hängt av sig och kommit in i vardagsrummet, har hon satt sig mitt i soffan och nickar mot fåtöljen mitt emot, som han glider ner i.

»Jag har tänkt«, börjar hon med en röst som låter allvarligare än vanligt. »Egentligen vet jag redan vad jag känner, men jag undrar hur det kunde bli så här.«

Han rynkar pannan.

»Vart vill du komma?«

»Det sliter mellan oss. Hela hösten har jag undrat vad du egentligen vill. Till slut gör det mer ont att fortsätta att hoppas än att vara ledsen. Jag vet inte varför du inte har plats för mig längre. Men det är plågsamt att märka det hela tiden utan att du ser det själv.«

Om han kunde krama om henne! Säga att han själv har varit plågad. Be om förlåtelse för att det har drabbat henne. Att han på något vis har velat skydda henne från sina mörka tankar men i stället har gjort precis tvärtom.

Men det verkar fel att tränga sig på henne nu. Som om något i henne skulle gå sönder om han rörde vid henne.

»Det är inget jag har menat eller velat göra mot dig«, säger han i stället.

»Nej«, fortsätter hon, »men omedvetet har du rört dig bort från mig. Mer och mer.«

Det blir tyst en lång stund. Om hon inte säger något mer, kan det i alla fall inte bli värre.

Hon ler ett blekt leende.

»Nu vet du att jag verkligen kan bli sårad. Jag får väl skylla mig själv om jag har fått dig att tro motsatsen.« Hon andas in och rätar på sig. »Men nu är det dags att avsluta det här så att du kan röra dig vidare som du vill – och att jag kan det också.«

»Gör du slut med mig?«

»Ja, jag gör det.« Hon pressar fram orden ett i taget, innan hon fortsätter i vanligt tempo. »Det är det minst dåliga jag kan göra. Jag orkar inte bli ständigt besviken och sedan hoppas igen.«

Det går inte att röra sig. Han stirrar på henne.

»Laura ...« Han kommer av sig. För första gången var det något annorlunda över att säga hennes namn. Som om han inte hade någon rätt till det längre. »Det var meningen att vi skulle ha tid att rätta till det här och att allt skulle bli som det var förut och borde vara nu också. Har jag ingenting att säga till om i allt det här?«

Hon blundar.

»Den tiden har varit, när du kunde ha gjort saker annorlunda. Du ser det inte själv, men det är alltid något annat som du bara ska göra först, och på det viset håller det på jämt. Du vill säkert älska mig, men du verkar inte veta hur du ska göra.«

Hon öppnar ögonen och ser ner i golvet. Blir sittande tyst med huvudet framåtböjt. Det tar en evighet innan hon ser på honom.

»Jag hoppas att du får ett bra liv och allt det där.«

»Laura …«

»Men jag vill att du går nu.«

Det är en trög massa av shoppande människor att vandra genom på Haga Nygata. Det är väl inte julhandel redan? Det är bara början av november! Vilket skämt dessutom att handla krimskrams i kvarter som är restaurerade och bara ska verka gammaldags och pittoreska. Alla är lurade! Och de går för nära inpå honom.

Han måste stå still och luta sig mot en vägg. Måste hålla sig i något. Det här är inte sant. Det händer inte. Laura kommer att höra av sig och säga att hon bara ville provocera honom till att reagera. Att han måste visa att han bryr sig om henne. Har hon ringt än? Bäst att ha så stark ringsignal som möjligt.

Han vandrar igenom hela julshoppinghelvetet med telefonen i handen och ringer Knut när han har kommit ut ur Haga.

»Har du pratat med henne?«

»Nu är det klart.«

»Det löste sig alltså?«

»Det är slut.«

Det blir tyst i andra änden.

»Vi ses på Vasa bar om trettio minuter för smältande av världskris. Ring ingen innan dess! Allra minst henne.«

Hon har inte ringt honom. Det hjälper inte hur många gånger per dag han kontrollerar det.

Det var inte så här det skulle bli.

En del av honom vill be henne om förlåtelse, förlåtelse för att han har gjort henne illa genom att inte kunna göra henne gott. Be om förlåtelse för sin otillräcklighet. Hon skulle inte vilja höra på honom. Kanske är det bäst att göra som Knut sa och inte höra av sig. Vänta tills hon är redo. Om hon nu någonsin blir det.

Sorgen finns där. Det går inte att tänka bort den. Även om den gör ont som ingenting annat, verkar den samtidigt alldeles *ren*. Den är det enda som är verkligt.

Fast egentligen är han väl mest löjlig. Kanske skulle han ha mer rätt att känna sorg om Laura var död? Han kan se sig själv stå vid hennes kista och viska att han saknar henne. Men verkligheten är simplare än så, och själv är han bara patetisk.

Skönast att slippa människor. Skönast att inte låta någon se honom.

Laura kommer aldrig mer att krypa intill honom och somna. En dag kommer hon att göra det med någon annan. Helvete!

Att det alltid ska blåsa i den här staden! Regnet letar sig

in under kläderna. Men på ett sätt är det rätt åt honom. Och om något skulle vara vackert nu, skulle det ändå vara meningslöst.

Det vackra är inte till för honom.

Det är till och med uppfriskande att vara ute och gå i regnet utan regnkläder och känna hur han långsamt blir våtare. Utom synhåll för någon lägger han sig ner på marken i närheten av fotbollsplanen. Lägger sig på rygg med armarna utsträckta och låter sig bli genomvåt.

Regnängel.

Det finns något rogivande i tanken på att bara ge upp. Inte bry sig om någonting. Att allt ska upphöra.

Kapitel 17

»Du träffar ingen ny?« frågar Knut, när de dricker öl efter januaritentan.

Andreas skakar på huvudet – samtidigt som han stöder det i ena handen.

»Jag är inte på humör.«

Knut tar en stor klunk av sin öl.

»Det behöver inte vara något seriöst. Tvärtom! Passa på att träffa någon som bara vill samma sak.«

»Jag skulle ändå bara jämföra med Laura.« Han viker ihop sin skrynkliga pappersservett och viker upp den igen.

»Du kanske behöver träffa många, så du glömmer bort att jämföra.«

Andreas dricker upp det sista ur sitt glas.

»Jag vill inte glömma. Och jag vill inte ha någon annan nära inpå mig.«

Andreas har överlevt höstterminen med bra betyg. Det skänker styrka att se att han klarar av mer än vad han tror. Nu måste han bara se till att komma i form för att kunna sköta ett kvalificerat sommarjobb, förhoppningsvis sommarting på domstol eller sommarnotarie på någon stor affärsbyrå här i stan. I år ska han i vart fall inte flänga runt. Inte för att det spelar någon roll för någon annan, men ändå.

Dessutom har han talat med studievägledaren och tagit reda på hur det skulle gå till att verkligen byta studieort, om han inte ska stanna i Göteborg för alltid.

Det är inte bara att byta, utan man ska ansöka till antagning till senare del av juristprogrammet på det nya stället. Några garantier för att bli antagen finns inte, men det är inte omöjligt. Allt hänger på om det finns någon plats ledig på universitetet man vill till. Rent statistiskt borde någon som läser i Stockholm hoppa av. Rent statistiskt kommer någon där borta att besluta sig för en förändring av sitt liv. Någon som han aldrig kommer att kunna tacka.

Kanske till hösten.

»Jag funderar på om jag behöver ett break.«

Det är skönt att äntligen få det ur sig.

Knut visslar till men säger ingenting.

»Den här terminen har jag mest velat skita i allt.« Andreas stirrar ner i marken när han säger det. »Och det är inte de bästa förutsättningarna för att plugga.«

»Du vill göra uppehåll alltså?«

Andreas nickar.

»Jo, det är ett av alternativen jag funderar på.«

De sitter tysta bredvid varandra. I maj är Handels innergård tillräckligt varm för att man ska kunna sitta där så länge man vill.

»Jag tror att det är bättre att gå ut med bra betyg ett år senare än att snubbla igenom och nätt och jämnt ta examen.«

Knut sträcker sig efter snusdosan.

»Vad hade du tänkt göra i stället då?«

Andreas sparkar med foten i marken.

»Jag vet inte. Kanske köpa gitarr och folkvagnsbuss och bara dra någonstans. Försvinna spårlöst.«

Knut skiner upp medan han lägger in en prilla.

»En hippieperiod? Låter kul!«

»Något sådant.« Andreas rycker på axlarna. »Du vet, bara något helt otippat, något helt annorlunda.«

»Du fick ändå sommarnotarietjänst på en stor byrå här i stan.«

»Jag kommer att ta den. Det är vad som händer efteråt som jag inte är säker på.«

Han rätar på sig och lägger armarna i kors.

»Jag åker i vart fall inte hem till föräldrarna och driver omkring där.«

Knut nickar, långsammare än vanligt och utan att flina.

Andreas lutar sig tillbaka på bänken.

»Men jag funderar också på att läsa klart de sista terminerna i Stockholm.«

Knut rycker till.

»Ska du bli stockholmare?«

Andreas försöker se obesvärad ut.

»För att få en omstart, eller nystart eller vad man nu ska kalla det. Tror att jag skulle bli mer motiverad då.«

Framför allt för att få en omstart. En omstart där han inte behöver gå kvar i den här staden och ständigt vara i närheten av Laura men inte få träffa henne. Slippa att påminnas om att hans egna känslor och längtan inte spelar någon roll. Det går inte att tänka sig att Göteborg skulle kunna bli en annan stad för honom efter det här.

Bättre i så fall att vara borta från henne på riktigt. Då kanske känslorna äntligen kan få blekna bort.

Han tittar upp mot himlen.

»Men jag är faktiskt inte säker på om jag vill bli antagen redan nu.«

Stora teaterns uteservering är full av sommarklädda människor i den ljusa junikvällen. Högljutt prat blandas med musiken som pumpas ut ur högtalarna. Andreas sitter ensam med sin öl vid ett av de små borden. Kunde lika gärna vara osynlig.

Det vore kanske det skönaste.

Det här angår bara honom själv.

Han tar fram brevet ur innerfickan och viker upp det. Läser igen: antagen till senare del av juristprogrammet vid Stockholms universitet. Att tacka ja till platsen innebär att byta liv.

Varför har han inte redan gjort det? Vad är det han egentligen vill? Det knyter sig i magen.

Han vill bli berusad. Vill bli befriad från att tänka. Då kanske det för en gångs skull går att *känna* vad han vill.

Staden runt omkring honom – han kan välja att lämna den. Han ser sig omkring och försöker lägga märke till detaljer i omgivningen. Men det är som att se alltihop på film.

Om två månader kan allt detta vara borta.

Om han stannade här, skulle han förmodligen alltid undra vad som hade hänt om han hade vågat åka. Det skulle han inte stå ut med i längden.

Han är inflyttad. Efter tre år har han fortfarande ingen

egen relation till den här staden. Han kan lika gärna flytta ut igen.

Och han skulle slippa att minnas Laura för varje gata han såg. Han skulle slippa att vara rädd för att möta henne igen och se att hon har gått vidare i livet utan honom. Bara att vara nära henne – i samma stad – skulle få honom att gå och undra vad som hade hänt, om de hade fortsatt att finnas i varandras liv.

Det är det sista han vill tänka på.

Tre öl i snabb takt börjar märkas. Han skulle kunna sitta här och blunda och njuta av den ihållande frånvaron av tankar. Tycka och känna precis vad han ville utan några borden.

Han behöver glömma Laura.

Laura som han aldrig sa att han älskade.

Att börja om livet utan henne är något han är tvungen till, oavsett var han bor. Lika bra att göra det i Stockholm. Ingen kräver av honom att han ska stanna kvar här.

Han sveper det sista av sin öl och ser sig om på nytt. Människorna runt omkring honom verkar mer främmande än för en stund sedan. De är som ansiktslösa personer som flimrar förbi i en dröm. Är det de eller han som inte finns på riktigt?

Allt som han vill göra med sitt liv – han måste ta chansen när den finns. Själv bestämma vad som ska hända.

En augustidag, när han passerar Kungsportsplatsen, står hon där på trottoaren framför honom.

Den första halva sekunden blir han lycklig, sedan kommer han på sig själv.

»Hur är det?« frågar han.

Laura rycker på axlarna.

»Det är väl som vanligt. Studier varvat med hantverk.«

»Du trivs fortfarande med det du gör?«

Hon nickar.

Värme strömmar igenom honom. Värme och sorg. Älskar han henne fortfarande, eller minns han bara hur det kändes att göra det?

Han säger inte att han har velat ringa henne, att han har velat se henne igen.

»Det måste ändå vara skönt att uppfylla sin dröm.«

»Jo«, svarar hon. »Jag trivs med utbildningen och blir långsamt bättre på att göra det jag vill ägna mig åt.«

Han säger inte att han har saknat henne, att han har varit lycklig tillsammans med henne och att det krävdes hennes frånvaro för att inse skillnaden.

»Själv är jag på väg till Stockholm till höstterminen. Jag läser klart de sista terminerna där.«

Hon nickar långsamt.

»Jaha, det kunde man ju tänka sig.«

När hon står där, är det som att ha samma känslor för henne igen – och minnas vem han själv var tillsammans med henne. Det gör ont.

Han säger inte att han vill härifrån för att staden är så förknippad med henne och att det är för plågsamt att bli påmind.

»Jag har varit där uppe och skrivit på ett andrahandskontrakt, och nu håller jag på att packa ner allting.«

»Jag förstår det«, säger hon och tittar åt sidan som hastigast. »Själv åker jag till Rom snart och hyr ut lägenheten under tiden. Så jag slipper att packa ner någonting.«

»Det blev Rom ändå.« Han säger det som för sig själv. »Det var ju dit du ville.«

»Jo«, säger Laura och nickar på nytt. »Det ordnade sig med praktikplats.« Hon ser stadigt på honom när hon talar, men hennes röst är mer entonig än vad han minns den.

Han blir stående tyst och ser på henne. Hur mycket han än vill säga till henne just nu, verkar det samtidigt inte finnas något som är värt att nämna. Han vill bara ha henne tillbaka. Kan hon se det på honom?

Här bland en massa förbiströmmande människor står han och vill säga vad hon har betytt för honom och vad han fortfarande känner för henne. Trots att det är meningslöst. Om han inte får älska henne längre, vill han åtminstone be henne om förlåtelse. Längtan efter att få göra det är nästan lika stark.

Men allt är över, och hon är långt borta där hon står en meter framför honom. Han vill – men får inte – gå fram och hålla om henne.

Om du bad mig stanna, Laura, om du bad mig stanna hos dig, skulle jag göra det då? Jag önskar att jag vågade.

»Jag …« börjar han men tystnar. Blundar hastigt. Andas in. Ser på henne igen. »Du får ha det så bra då«, säger han sedan. »Sköt om dig!«

Hon fortsätter att se stadigt på honom.

»Du också.«

Laura fortsätter åt sitt håll. Han vänder sig aldrig om och ser efter henne.

Om mindre än ett dygn är det dags att lämna Göteborg. Rummet är tömt, städat och inspekterat, och han kan sova här en natt till för att åka tidigt i morgon bitti.

Möblerna står kvar, lika opersonliga som när han en gång kom hit. Det finns inte ens några hål i väggen efter honom.

Han öppnar garderobsdörren och skriver sitt namn på insidan, under namnen som står där sedan tidigare. Namn som inte säger honom någonting. Vad gjorde de här människorna när de bodde här, och vad drömde de om? Kommer nästa person som skriver sitt namn alls att undra vem han var?

Mobilen plingar till. Det är Knut, som han sa adjö till för två timmar sedan:

»Tack för pizzan! Hade gärna bjudit på en riktig öl. Kör försiktigt i morgon!«

Han tittar ut genom fönstret. Ner på gatan. Bort mot skogen och tv-masterna. Det är fortfarande ljust ute. Sommaren finns kvar, och själv är han fortfarande här. Det kan väl inte vara slut på allt redan? Han har svårt att stå still. Vill andas.

Luften är behagligt sval, när han vandrar ner mot Götaplatsen. Det var inte meningen att gå ut mer i kväll, men det kan inte hjälpas.

Framme vid Poseidonstatyn blir han stående och tittar ut över Avenyn. Snart ska han inte se någonting av det här mer. En gång till spelar väl ingen roll?

Sensommarkvällar som den här har han själv vandrat omkring mellan barerna i Göteborg med drömmar om framtiden och en tro på att världen ligger öppen framför honom. Han har tyckt om att vara här. Han har haft drömmar här, drömmar som hör ihop med den här platsen.

Hålla fast vid vad han har bestämt sig för – det är det enda möjliga. Inte ändra sig nu, när det ändå är för sent. Vem har sagt att det ska vara lätt att bryta upp och byta liv? Han måste låta hjärnan bestämma.

I kväll är det lätt att tycka att Göteborg är vackert. Han får bjuda på det.

Det går att ana dagg i gräset. Allt är ilastat i lånebilen, och Andreas vandrar bort till kvarterskontoret och lämnar sina rumsnycklar i brevlådan. En skramlade duns, och det är klart.

Så det här var allt?

Underligt att det inte känns på något särskilt sätt att avsluta en period i livet. Kanske är det för att ingen är här för att vinka av honom. Men det gör egentligen ingenting.

Han går mot parkeringen. Konstigt att han inte skyndar sig. Det finns ju ingenting här som håller honom kvar längre. Kvarteren på Olofshöjd ser likadana ut som när han kom hit och kommer att se likadana ut efter att han har åkt också. Men för honom betyder de inte samma sak längre. De betyder nog ingenting alls.

Vad gröna alla löv är. Han har inte tänkt på det tidigare.

Han sätter sig i bilen och sitter där någon minut utan att starta. Nu finns det inget kvar här att göra.

När jag kom till Göteborg med bara min ryggsäck var jag förväntansfull och övertygad om att jag var på väg att erövra världen. Det mesta låg framför mig att upptäcka.

All denna nyfikenhet på livet – det verkar så länge sedan.

Nästa byte av bostadsort och liv blev målinriktat på ett mer konkret sätt. Jag såg det som en ny chans som det gällde att inte slarva bort.

I efterhand är jag fascinerad över min övertygelse om att allt blir bättre för att man börjar om med något helt nytt.

Han har kört en timme, när han svänger av till en parkeringsplats utanför Borås. Slår igen bildörren och går och tittar ner på motorvägen.

Laura.

Träffa henne en sista gång. Trots att han behöver komma bort från henne, vill han se henne igen. Tala med henne utan att behöva vara rädd för hur det ska gå.

Det skulle finnas tid att köra tillbaka för att träffa henne. De skulle hinna dricka kaffe och prata, och han skulle fortfarande vara framme i Stockholm till kvällen. Eller också skulle han kunna stanna i Göteborg en dag till. Ordna övernattning på något sätt.

Det tar emot att *fly* härifrån. Han har fortfarande något att säga henne. Hon kanske inte vill höra det, men om han inte försöker får han aldrig veta.

Han minns hennes nummer. Bara uppringningsknappen kvar. Ett lätt tryck med tummen och han kommer att höra hennes röst igen. Han har gjort det förr.

Hjärtslagen i halsen gör det tungt att andas.

Han vandrar omkring på parkeringsplatsen med telefonen som fastklistrad i handen. Blir stående igen och tittar ner på motorvägen och trafiken som rusar förbi i riktning mot Stockholm och mot Göteborg samtidigt.

Är det zink som ger vägräckena den där mattgrå färgen? Han kommer inte ihåg.

Är det hennes förlåtelse han vill ha? Är det den han behöver för att kunna fortsätta med sitt liv?

Han vill bara se henne en gång till. Vara ärlig mot henne, även om det är för sent för att det ska spela någon roll eller förändra något.

Men han vill att det ska betyda något, vill att det ska betyda allt.

Tummen rör sig inte. Han förmår inte trycka. Han försöker igen, men kroppen vill inte lyda. Den sista lilla knapptryckningen tar emot på samma sätt som om han skulle hoppa ner framför bilarna på motorvägen.

Händerna är kalla sedan länge. Även hans näsa har blivit kall nu. Han drar efter andan och kniper ihop ögonen.

Han kan inte.

Han andas ut, och armen faller ner till slut. Marken drar den mot sig. Hela kroppen blir lösare.

Det är skönt att äntligen ge upp. Inte hoppas mer.

Han lyfter huvudet mot himlen, med ögonen slutna. Inte ens nu vågar han. Inte ens när det är för sent har han modet att visa sig svag för henne. Han klarar inte ens av att säga till henne att hon hade rätt.

Till slut har han blivit överbevisad. Det är över. Nu måste han säga det till sig själv:

Glöm henne.

Glöm henne.

Glöm henne.

Man fyller en plats med betydelse. Jag fick en ny omgivning att vara i, och min kropp fick nya upplevelser att lägga ovanpå de gamla. Det var vad jag behövde.

När någon frågade, brukade jag säga att jag flyttat till Stockholm för att vara närmare mina framtida jobb redan nu. För varje gång jag sa det, blev det lite mer sant. Till slut var det verkligen den enda anledningen till att jag var här. Jag sköljde bort minnena av Göteborg och av dig, utan att tänka närmare på det.

När diplomet var erövrat, låg världen äntligen öppen. Det var den början jag så länge hade väntat på. Den egentliga början.

Man förblir inte densamma man var som student, när man väl har lämnat den världen. Det kanske var ens friaste period i livet, men på många sätt var man bara en mindre färdig version av sig själv.

Jag undrar ändå om man på något vis levde ärligare då, när alla upplevelser var mer omedelbara och känslorna hade större plats i ens liv.

Båda sakerna kanske kan vara sanna samtidigt?

Det går inte att ta det gamla livet med sig, och det gjorde jag inte heller. Åren som gick fylldes av ett helt annat liv.

Kapitel 18

Andreas skriver anteckningar i datorn. Om trettio minuter börjar nästa möte, som han strax ska förbereda tillsammans med sin biträdande jurist. Som vanligt i januari sammanfattar han för sig själv vad som har hänt under året som gått.

Ett år till som advokat på byrån. Som av en tillfällighet gav hans meriter honom jobb på samma ställe, där han tillbringade sommaren en gång i ett annat liv, och numera får han visa av egen kraft vad han duger till. Så vitt han vet, har det gått bra. Han gör vad som förväntas av honom och ibland mer. Han blir kanske ingen stjärna men gör inte bort sig heller.

Det är ändå svårt att vara riktigt nöjd med det.

Den yngre kollegan i rummet bredvid har börjat få egna uppdrag och får ta emot direktsamtal från klienterna. Kollegan i rummet på andra sidan slutade i december och bytte ner sig till att sitta på Finansinspektionen. Jobba hårdare eller byta bransch – det verkar vara alternativen för personer i Andreas generation. Den efterlängtade tryggheten och stabiliteten, som ska infalla när som helst, försvinner ständigt bakom ett nytt hörn.

Det har redan gått mer än ett år sedan separationen från

Hélène, och sedan dess har han bara träffat henne några enstaka gånger. Att de båda var jurister och till och med hade examensfest tillsammans var tydligen ingen garanti för att relationen skulle hålla. Det var åtminstone inte karriärskäl som gjorde att det tog slut mellan dem.

Ingen mer segling i skärgården med hennes familj. Han kan sakna det, men han har åtminstone börjat skaffa sig egna vanor numera.

Ska han anteckna något om sitt trevande dejtande? Han avstår.

Han tittar ut genom fönstret. Det är vinter även här i Stockholm. Världen gick inte heller under i december bara för att någon gammal mayakalender tog slut. Livet fortsätter.

»Framtiden?« skriver han. Blir sittande och tittar på ordet.

Det finns inte längre någon utstakad väg med tydliga anvisningar om hur man når framgång. Efter fem år här har han sett mönstret att de som det går bra för är de som är smartare än han. För honom är vägen till att bli delägare uppenbarligen längre.

Det är möjligt att han får erbjudande om secondment och då får arbeta på plats hos en kund under ett år. I så fall innebär det i viss mån att träda tillbaka karriärmässigt, men det är också ett sätt att göra det med hedern i behåll. Till fördelarna med secondment hör också mer normala arbetstider.

Andreas stänger dokumentet och trummar med fingrarna mot bordet. Bara det att han behöver fundera över vad han ska göra åt sin situation, är förmodligen ett tecken på att han inte har allt som krävs. Någon som har *det* behöver förmodligen inte grubbla över hur man blir framgångsrik.

Den biträdande juristen knackar på dörren och har pärmarna med sig.

Efter lunchen ute med kollegerna vandrar Andreas ensam upp mot Östermalmstorg. Han stannar och tittar in genom fönstret till ett konstgalleri, men inget av det han ser är tillräckligt intressant för att han ska vilja gå in.

När han vänder sig om, ser han sin biträdande jurist Alex passera på trottoaren mitt emot. Kvinnan bredvid honom måste vara hans flickvän, som han har nämnt ett par gånger. De skrattar tillsammans och håller sig nära varandra, där de promenerar nedför gatan med var sin kaffemugg i handen. Avståndet är för långt för att de ska lägga märke till honom, och han låter dem vara i fred.

De har så mycket kvar att uppleva tillsammans för första gången. Att tänka på det får honom att le för sig själv.

I saluhallen köper han med sig ett halvt dussin ostron. Vissa varor kräver helt enkelt att inhandlas i rätt omgivning, och han gillar stället, när det inte är fullt med folk här. Det är viktigt att ta hand om sig själv.

»Handlar onsdagsostron?« Han avbryts i sina tankar av Hélène, som står bredvid honom utan att han har märkt henne. Hon är annars den som lätt drar blickar till sig. Hon småler, och han märker hur han slappnar av i kroppen av att se henne. Det klär henne när hon har sitt blonda hår utsläppt.

»Vissa vanor sitter i, som du vet«, svarar han. »Dessutom vägrar jag att leva fattigt i januari, så det är på rent trots alltihop.«

»Du är dig lik!«

Hennes egendomliga blandning av värme och sarkasm. Ibland har han saknat den.

»Själv då?«

»Jag bara ser mig omkring för att få inspiration.« Hon sveper med blicken över saluhallen. Mycket riktigt bär hon inte på några kassar heller. Hon har tvärtom händerna i kappfickorna. Den benvita vinterkappan, som hon alltid har tyckt så mycket om, och som nu bara hålls ihop av skärpet.

»Planerar du middag?«

»Nej, jag gör bara mentala noteringar.«

Hon tar ett steg närmare honom.

»Du, jag ska tillbaka till jobbet strax, och förmodligen du också. Men vad sägs om ses i all enkelhet någon kväll?« Hennes leende blir mildare. »Det var länge sedan vi pratade ordentligt med varandra.«

Stockholm har något hemtrevligt över sig i början av året. Det är en av de saker som Andreas reflekterar över i sitt skrivande. Andra tankar han kastar ner på papper är om han ska bry sig om att göra sig hemmastadd i sin tvåa på Gärdet, om han ska skaffa en egen espressomaskin och hur ofta han i så fall faktiskt kommer att använda den.

Flödesskrivande på morgonen är en av hans nya vanor. Det fyller delvis samma funktion som hans löpträning i Lill-Jansskogen. Det ena hjälper honom att få ur sig tankar innan dagen börjar, och det andra rensar honom genom att kroppen blir verkligare än tankarna.

Annars är det inte mycket nu för tiden som känns verkligt eller som om det angick honom. Vardagsbekymren skymmer hela tiden det som är viktigt och som han antar borde finnas någonstans. Som sambo behövde han inte ständigt reflektera över detaljer på samma sätt, men nu, när han måste ta hand om allt själv, verkar alla saker både större och tyngre. Än så länge får träning och skrivande räcka som rutiner. Och konstrundorna.

Det hade varit skönt att slippa att behöva möblera livet en gång till.

»Funderar du också på framtiden?« frågar Hélène, när de sitter i soffgruppen i det som en gång var deras gemensamma vardagsrum.

Andreas sätter ner sin tekopp.

»Jo, det är inte utan. Jag vet inte hur länge jag orkar fortsätta att kämpa på och konkurrera med firmans ess. Men det kan jag ju inte säga till chefen, eller visa att jag går och tänker på.«

»Har du fått erbjudande om secondment?«

Han skakar på huvudet.

»Det kanske kommer.«

Hon ser ut att fundera.

»Jag skulle inte tacka nej till det själv. Tänk att få fyrtio timmars arbetsvecka som en normal människa.«

»Du är smartare än jag. Du kommer nog att bli erbjuden delägarskap direkt.«

Det går lika bra som förr att dela tankar om karriären och möjligheterna.

»Hur går det annars?« Hon låter nonchalant. »Träffar du någon?«

»Av och till, men jag vet inte om det leder till något.«

Hon ser på honom ett lite väl långt ögonblick, innan hon talar igen.

»Andreas, jag har tänkt. Och jag har tänkt på om vi skulle försöka igen. Vad tror du om det?«

Han borde bli överraskad, men det är som om han visste vad hon skulle säga när hon började tala.

»Vad får dig att föreslå något sådant?«

»Jag tror att vi båda har blivit lite klokare sedan sist.« Hon lägger huvudet på sned. »Och jag har faktiskt saknat dig.«

Det är alltså därför hon har klätt upp sig den här gången. I åtsmitande kläder.

»Jag har märkt att du har tittat på mig i kväll«, fortsätter hon och ler, lutar sig fram mot honom och lägger sin hand på hans knä. »Och vi vet redan båda vad vi gillar.«

Det låter väldigt rationellt alltihop. För någon som inte kände Hélène skulle hon verka sval – vilket är det sista hon är.

»Jag skulle i alla fall gärna vilja«, fortsätter hon. »Och eftersom vi redan känner varandra, kanske det går att ta upp förhållandet en nivå med tiden.«

»Det låter ju smidigt.« Han måste skratta åt hur affärsmässigt alltsammans verkar.

»Jag menar allvar, alltså.« Hon sitter still med blicken fäst på honom. Småler nästan omärkligt. »Men vi behöver inte bestämma allt på en gång«, fortsätter hon och ler öppet. »Jag sa att vi kan försöka.«

Om en månad kommer Nationalmuseum att stänga för renovering och förbli stängt i flera år. Ett av hans verkliga rekreationsställen kommer att försvinna. Det får honom att känna sig om inte sviken så i vart fall övergiven, för det har livat upp att kunna gå hit på helgerna eller som nu på lunchrasten. Att se på konst är inte längre ett kulturellt alibi eller en källa till samtal på middagar, utan numera är det hans eget intresse som ingen annan behöver ha med att göra.

Kanske han skulle börja köpa konst själv. Numera har han sett tillräckligt för att veta vad han tycker om, och Bukowskis ligger bekvämt nära kontoret. För att nu bara nämna ett ställe.

Han har stått länge framför samma målning. I dag är inte dagen för sinnlig rokoko, utan han vill snarare ha nederländskt ljus i mörker. »Batavernas trohetsed« ser ut att lysa upp sig själv, samtidigt som källan till ljuset mycket riktigt är dold. De avbildades ansikten ser märkligt ofärdiga ut, som om det egentligen skulle ha målats ännu ett lager färg ovanpå men det inte hunnits med. Eller också är det meningen att de exakta anletsdragen ska vara upplösta av halvmörkret. Men tänkte man på det viset på 1600-talet?

Att Hélène och han nu verkar hitta tillbaka till varandra är en lättnad. Det är nog också det bästa som kan hända. Någonting har verkligen funnits mellan dem tidigare. Första gången han såg henne var hon den snygga och framgångsrika tjejen, som alla ville ha men ingen vågade tro att de kunde få, allra minst han själv för sex år sedan. Men det blev de två i alla fall, och det fungerade. När många juristpar gjorde slut inför examen höll hon och han ihop då också.

Det gjorde något med honom att vara tillsammans med henne. Han växte. Där fanns en känsla av att allt ordnade sig och att livet blev bättre utan att han behövde ändra på det. Självförtroende kanske är det bästa ordet.

Han brukade säga att de var självgående tillsammans.

Om de klarar av att hitta tillbaka till varandra efter ett års uppehåll, klarar de nog att leva ihop också.

Med ytterrocken på går han mot utgången.

»Ursäkta!«

Han vänder sig om men känner inte igen kvinnan som ropat.

»Heter du möjligtvis Andreas?«

»Ja, det stämmer.« Han försöker placera henne. »Har vi setts?«

Hon är blond och ungefär i hans ålder. Det invecklade sättet som hennes tunna blå scarf är knuten på antyder att hon ägnar sig åt konst på något sätt.

»Kanske på Notting Hill – i Göteborg.«

Vem i den här staden skulle känna igen honom därifrån?

»Sophie heter jag. Konservator och gammal kursare med Laura. Du var väl tillsammans med henne?«

Att höra någon nämna Lauras namn, någon som vet vem hon är, gör honom varm inombords.

»Det stämmer«, svarar han och ler långsamt. »Och då *har* vi setts. Det var inte i går.«

»Långsökta quizfrågor«, säger hon och nickar.

»Löstes över ett glas rött och en skål chilinötter.« Han ler åt minnet.

»Förfärlig kombination rent smakmässigt«, skrattar hon, »men då visste man inte bättre.«

»Så du arbetar här nu?«

Hon skakar på huvudet.

»Inte fast. Visstidsanställd för ett projekt.«

»Själv är jag bara här och tittar.«

»Jag har sett dig här förut.«

Han rycker till över insikten att någon skulle ha lagt märke till honom här.

»I dag, efter att ha sett dig framför 'Batavernas trohetsed', var jag tvungen att fråga.«

Andreas ler.

»Man kan väl säga att jag har övertagit någon annans fascination för förmågan att måla ljus.«

Hon skrattar.

»Jag tror jag vet vem du talar om.«

Hennes skratt smittar och får honom att slappna av i sin hållning.

»Det var trevligt att träffas«, säger han och tar henne i hand. »Vi kanske ses igen på något annat konstmuseum.«

»Jag hoppas det.«

Han börjar gå nedför trappan men hejdar sig före vändkorsen, blir stående en stund och skyndar upp igen och tillbaka in i hallen till Sophie, som står och pratar med en av väktarna.

»Det här kanske låter konstigt«, säger han till henne, »men skulle du vilja dricka kaffe? Jag skulle gärna prata med en konservator igen.«

»Du är faktiskt den första från tiden i Göteborg som jag träffar«, säger Andreas, när de sitter vid ett litet bord inne på Nationalmuseums restaurang Atrium. »Om man vill spetsa till det lite, är du den enda i den här staden som vet något om mig från mitt tidigare liv.«

»Du har ingen anknytning hit alltså?«

»Nej, jag flyttade hit i slutet av studietiden, och på den vägen är det.«

Han dricker mer kaffe innan han fortsätter.

»För ungefär ett år sedan såg jag en utställning med svartvita fotografier från Göteborg, tagna för fem–tio år sedan, bland annat från Linnéstaden i kvarter där jag själv har gått. Jag stod och tittade länge på varje bild för att se om Laura och jag kanske skulle synas på någon av dem. Hela den där tiden blev väldigt närvarande igen. Det var som att stå och se mitt tidigare liv i ett tittskåp.«

Sophie ler.

»Såg du någon bild på er två då?«

»Nej. Och om jag hade gjort det, vet jag inte hur jag skulle ha tagit det.«

Han vrider på sin kaffekopp.

»Ibland föreställer jag mig att om jag återvände till de där kvarteren nu, skulle jag kanske möta mig själv där i fysisk form, det vill säga mitt yngre jag, som vandrar omkring, kär, en aning förvirrad och väldigt osäker på framtiden.«

»Du har inte varit där sedan du flyttade?«

Han skakar på huvudet.

»Fanns ingen riktig anledning. Jag tyckte att jag var klar med stället.«

»Det var väl juridik du läste?«

Han nickar.

»Först på Handels i Göteborg, och de sista terminerna här i Stockholm. Nu arbetar jag på advokatbyrå här.«

Sophie lutar sig tillbaka och är tyst en stund innan hon talar.

»Ni var ett något otippat par, du och Laura, men ni verkade fungera bra ihop.«

»Jag kan hålla med om båda sakerna.«

»Har du alls haft någon kontakt med henne efteråt?«

»Nej«, säger han och skakar på huvudet. »Jag både ville och inte ville det. Framför allt trodde jag att *hon* inte skulle vilja, och det fick avgöra saken. Det är väl därför jag sitter här med dig nu, för att du är den enda i Stockholm som vet både vem hon och vem jag är.«

»Du vet om att hon var rätt deppig efter att det tagit slut?« Sophie tittar stadigt på honom när hon frågar.

Andreas sitter tyst en lång stund innan han svarar.

»Nej, det var inget jag lade märke till, men vi umgicks inte heller när det hela väl var över.«

»Hon var ordentligt nere och hade inte lust med någonting. Jag och några till övertalade henne om att det skulle gå över och att hon inte skulle släppa taget om sin utbildning på grund av hur det kändes just då.«

Andreas tittar åt sidan. Trummar med fingrarna och försöker komma på någonting att säga.

»Hon verkade ta det ganska kallt på den tiden. Jag har svårt att se att hon skulle ha supit ner sig eller slagit sönder saker.«

»Det var nog stillsammare än så.«

Han lutar sig framåt.

»Hon *var* verkligen ledsen? Jag förstod bara att hon var sårad och trodde att hon var lättad att slippa mig.«

»Då behärskade hon sig förmodligen rätt bra när du såg henne.«

»Ändå var det hon som gjorde slut och var rätt bestämd.«

Sophie lutar sig framåt hon också.

»Du vet förstås att Laura kan verka totalt orädd men att det inte är hela sanningen.« Han nickar. »Det hon var mest rädd för var att ingen skulle orka med henne, om hon visade sig sådan hon var. Hon var rädd för att bli övergiven av någon som hon först hade trott verkligen kunde se henne och älska henne. Det skulle vara det smärtsammaste av allt. Och det här vet jag eftersom jag fick höra det av henne ganska många gånger.«

Det går utmärkt att begripa orden, men de verkar handla om något som inte finns, eller som i sig är omöjligt att förstå.

Laura. Rädd för att bli övergiven.

Känner han sig varm eller kall?

Han vill ha mer kaffe men orkar inte sträcka sig efter koppen.

Sophie fortsätter.

»Laura var orolig innan det tog slut också. Samtidigt som hon verkligen ville till Rom på sin praktik, undrade hon om det skulle ta slut mellan er, om ni var åtskilda så länge. Hon hoppades att terminen skulle gå fort och att det skulle finnas många billiga flygresor mellan Göteborg och Rom. Fast när det blev dags, behövde hon ju inte bekymra sig för det.«

De blir sittande tysta. Sorlet omkring dem märks för första gången sedan de slog sig ner här. Andreas lutar sig bakåt.

Det skulle vara väldigt skönt att stanna världen nu, så han fick vara i fred med sina intryck. Inte tänka på någonting, bara vara stilla.

Han anar att han borde säga något.

»Vad hände sedan?«

»Våren -07 var vi tillbaka i Göteborg efter praktiken, skrev uppsats och tog examen. Själv har jag flyttat tillbaka hit, eftersom jag är härifrån.«

»Och Laura?«

»Hon reste bort – vet inte vart. Hon kom tillbaka till Göteborg två månader senare. Jag tror att hon fortfarande frilansar, om nu ingen har haft vett att tillsvidareanställa henne än.«

Hon lever sitt liv. Han kan se det framför sig. Se hur hon kliver in på ett galleri med ett stort leende och bärande på en målning som har fått återuppstå i hennes ateljé.

»Jag undrar om hon någonsin kommer att hitta sin okända Rembrandt«, säger han med blicken åt ett annat håll.

»Om hon gjorde det, skulle hon nog ändå inte berätta det för någon.«

»Hon kanske redan har hittat den, med andra ord.« Andreas kan inte låta bli att småle, när han säger det. Sophie skrattar och nickar tillbaka. Det är en lättnad att få dela minnen av Laura.

»Får jag bli en smula personlig och fråga varför det tog slut mellan er?«

»För att jag inte vågade tro att det skulle hålla.«

Det låter fullständigt idiotiskt när han äntligen säger det

högt. Vad som en gång verkade vara ett oundvikligt slut som ingen kunde råda över, gick att sammanfatta enkelt. Och banalt.

Sophie rynkar pannan.

»Tog det slut *därför*?«

»I princip, ja. Var jag inte rädd för att Laura skulle tröttna, tänkte jag att det ändå måste ta slut efter examen, när det var dags att röra sig vidare och välja liv på nytt. Dessutom kändes det ofta som om jag var tvungen att välja mellan henne och studierna. Betygshetsen i juristbranschen är rätt sjuk egentligen. Jag visste inte om det skulle hålla mellan oss, men jag visste att jag skulle söka jobb efteråt och då behövde så bra betyg som möjligt.«

Sophie tittar på honom men säger ingenting.

»Med alla de tankarna i huvudet var det lättare att begrava sig i plugg än att prata med henne om saken. Vem var jag att hindra henne från att resa till Rom och göra det hon ville? Jag kunde inte begära att hon skulle stanna hemma för min skull. Jag ville ha henne kvar hos mig, men jag trodde att det var förbestämt att ta slut mellan oss förr eller senare och att det inte spelade någon roll vad jag ville.«

Nu har han sagt det. Äntligen har han sagt högt till någon annan hur han tänkte och vad han var rädd för.

»Du krånglade till saker, med andra ord.«

»Helt av mig själv. Och jag levde ensam med de tankarna också.«

»Men du har uppenbarligen tänkt en hel del på det sedan dess.«

Han dricker upp det sista av sitt kaffe och sätter ner koppen med en liten skräll.

»Tack för samtalet, men nu måste jag gå.«

Kapitel 19

Januarikvällen är klar och kall, när Andreas promenerar längs med Strandvägen. Han känner sig lika infrusen som staden. Hela eftermiddagen har varit fylld av en ny sorts trötthet. Som om hans huvud befunnit sig inne i ett eget moln som skärmade av honom från världen.

Samtalet tidigare i dag har fått honom att vilja sova tyngre än på länge. Men trots mörkret är klockan bara halv sju.

Varför reagerar han som han gör?

Nu vet han i alla fall varför Laura pratade så entusiastiskt om hur snabbt hennes termin i Rom skulle gå. Hon kunde ha skrikit i hans öra att hon var orolig i stället. Då hade han kanske förstått. Han hade inte ens förmågan att se den som befann sig närmast honom.

När han levde med henne, letade han förgäves efter de rätta orden för att beskriva sin nya verklighet. Inte bara känslorna var nya utan även han, som bar på dem, var en ny version av sig själv. Nyfödd eller nyupptäckt. Han blev inte kär för att det *förväntades* av honom. Även om alltihop var för stort och för svårt för att hantera, tvivlade han aldrig på att det var han själv som kände och ville någonting.

Den där upplevelsen av en större verklighet hade han närmast glömt.

Att minnas det nu, är också att minnas hur det var att vara med om det. Minnas vem han själv var.

De senaste åren har han slutat grubbla för mycket över vad vissa ord betyder utan bara sagt dem. Han har velat älska Hélène, och det gick bra att säga det till henne också. Känner han henne rätt, vill hon att de snart ska säga det även inför Gud och i denna församlings närvaro. Förmodligen i Oscarskyrkan.

Är det vad han själv vill?

Det går inte att säga att han i så fall skulle ge sig in i en lögn. Sanningen är att han inte ens vet, och det är ännu värre.

»Är du inte klok?« Hélène tittar på honom med en blandning av förvåning och avsmak.

»Jag kan helt enkelt inte göra det här.«

De sitter i samma soffgrupp som häromkvällen. Men stämningen är en helt annan den här gången.

»Om det här är ett skämt, är det inte roligt.«

»Det är inget skämt«, svarar han. »Så grym skulle jag aldrig vara.«

»Till skillnad mot nu, menar du?« Hon ser ut som om det smakade illa att uttala orden. »Hur i helvete kan du komma och säga att du har *ändrat* dig?«

»Jag ville verkligen tro att det var vi två igen, men det är redan över. Jag vill inte ljuga genom att leva med dig *som om* jag älskade dig. Det tror jag inte att du heller vill.«

Hon skakar på huvudet.

»Är det någon ung älskarinna som du hellre är med?«

»Nej, jag tror tvärtom att jag inte ska träffa någon alls på ett tag.«

Hon är tyst en stund, innan hon talar igen.

»Du begriper att jag aldrig vill se dig mer, om du går nu?«

»Det har du all rätt till.« Han sitter tyst innan han fortsätter. »Det där att man vet att man inte vill leva utan varandra – det finns inte där. Då hade jag redan visat dig att jag ville och att jag inte kunde låta bli. Du ska inte behöva be någon fria till dig.«

»Tack, det räcker!«

Hon andas ut kraftigt genom näsan och reser sig ur soffan.

»Jag vet att jag sårar dig nu, men det är ändå bättre än att jag sårar dig långvarigt.«

»Ädelmodig när det passar!« Föraktet i hennes röst finns där.

Andreas tittar mot hallen och reser sig ur fåtöljen.

»Det är väl bäst att jag går.«

»Visst, gör det. Du behöver inte bry dig om att höra av dig sedan heller.«

När han står och tar på sig ytterkläderna, kommer hon ut i hallen och ställer sig med armarna i kors.

»Har någon annan någonsin betytt tillräckligt mycket för dig för att du ska ha låtit henne komma nära dig och påverka dig det allra minsta?«

Alla hjärtans dag är som vilken torsdag som helst, fylld med arbete som får ta den tid som krävs. Att det sent på eftermiddagen kommer jobbmejl med ny information inför morgondagens möte är sådant som hör till. Men Alex, den biträdande juristen, kommer att bli desto mer besviken över att få sin kväll förstörd.

»Vi behöver sitta kvar i kväll och läsa på om det här«, förklarar Andreas efter att ha kallat honom till sig.

»Ja, då är det väl så.« Alex visar inget särskilt ansiktsuttryck, utan ser ut som någon som försöker att se oberörd ut. Andreas sitter tyst och tittar på honom.

»Det var väl i kväll som du och din flickvän skulle fira er tvåårsdag?«

»Jag ska ringa henne, och så får jag ringa Stallis och avbeställa.«

»Gå hem med dig«, säger Andreas utan något särskilt tonfall.

»Det kan jag väl inte göra?«

»Nu bestämmer jag det. Jag läser på själv. Men då förväntar jag mig att du kommer hit tidigare i morgon så att vi hinner gå igenom det ordentligt och du slipper att göra bort dig.« Den unge mannen mitt emot Andreas börjar till slut se mer lättad än förskräckt ut.

»Och för att inte riskera förhållandet i onödan«, fortsätter Andreas, »föreslår jag att du framöver undviker att boka in några större saker på kvällar mitt i arbetsveckan.« Andreas ler, tillräckligt för att signalera uppmuntran. Ler desto större för sig själv när han har blivit ensam igen.

Märkligt att han är så nöjd med alltihop. En sådan omotiverad snällhet vore väl närmast att betrakta som ett inslag av sinnesförvirring för en advokat. Möjligtvis skulle den också resultera i en utskällning från chefen, men det gör ingenting. Nu har en flickvän sluppit att bli besviken, och en ung jurist har fått se prov på medmänsklighet och lär inte stötas bort från branschen. Ibland får man improvisera.

Ensam kvar på kontoret. Andreas hämtar kaffe, rullar upp skjortärmarna och lägger fötterna på skrivbordet medan han läser i sina papper. Den här kvällen blir hans egen.

Han vrider upp volymen på datorn och lyssnar på Jussi Björling som sjunger »Till havs«.

I augusti var löven fortfarande gröna. Det var innan höstterminen hade börjat och när han och Laura hade all tid i världen tillsammans. Det var då värmen äntligen kom sommaren 2004.

»Om man bara tittar sig omkring, ser det fortfarande ut som i början av sommaren«, sa Andreas, när de vandrade i Kungsparken längs med Vallgraven och han höll armen om henne. »Vi kan låtsas att det är juni och att det är två månader kvar.«

Laura log och skakade på huvudet.

»Ljuset«, sa hon. »Det är inte det här ljuset i juni. Och även om allt är grönt, så är det en annan sorts grönt, en annan sorts sommar. En sommar som redan har tippat över mot höst.«

Hon hade nog rätt. Med sitt färgsinne lade hon märke till fler nyanser än han.

»Det är i alla fall fortfarande sommarlov«, sa han. »Mitt sommarlov med dig.«

»Sedan blir det höst«, sa Laura och tryckte sig mot honom. »Då får vi kura ihop och dricka te i soffan i stället för att gå ute som nu. Du får mata mig med praliner när jag halvligger i din famn och hör regnet mot rutan.«

Han drog henne tätare intill sig.

»Det blir första gången som jag ser fram emot en höst.«

»Den största delen av året är det *inte* sommar«, svarade hon. »De här dagarna varar inte heller för evigt, men det gör ingenting. Vi båda finns kvar efteråt.«

De vandrade vidare under tystnad. Hon var vacker på ett alldeles särskilt sätt när hon såg fundersam ut. Efter en stund tittade hon upp på honom och skrattade.

»Jag går och drömmer! Jag behöver ju inte det.«

»Vill du berätta om vad?«

Laura bara log medan hon skakade på huvudet. Sedan stannade hon upp och slog båda sina armar runt honom.

»Låt oss bara stå still ett tag«, sa hon. »Jag vill hålla kvar det här ögonblicket så mycket det går. Vi kan inte stanna tiden hur mycket vi än vill. Vad som händer sedan vet vi ingenting om, men det kan inte vara värre än att det går att stå ut med.«

De stod och höll om varandra länge. Hennes kropp verkade passa ihop med hans.

»Håll om mig i höst också«, viskade hon.

Nationalmuseum är obönhörligen stängt och beräknas öppna igen först om fem år. Andreas vandrar runt i sitt arbetsrum. Fem år. Vem vet om han ens är kvar i Stockholm då? Ständigt dessa oklara framtidsperspektiv.

På ett sätt gör det ändå ingenting. Han känner sig friare än på länge. Fri från förväntningarna på hur han borde bete sig och vilka val han borde göra. Att backa ur ett erbjudande om förhållande var plågsamt, men efter det verkar alla andra beslut lätta i jämförelse.

Den äldre kollegan, som har kommit in på hans arbetsrum, nickar med ett leende mot Bukowskis katalog som ligger uppslagen på skrivbordet.

»Tänker du börja samla?«

»Om jag hittar något som passar mig«, svarar Andreas. »Jag har tänkt tidigare på att köpa men har aldrig bestämt mig. Dags att göra någonting åt saken i stället.«

Han slår ihop katalogen när han har blivit ensam på kontoret igen. Går bort till fönstret och tittar ner på innergården.

Det var rätt gjort att inte ge sig in i någon nygammal relation, även om det säkert skulle ha fungerat mellan Hélène och honom. Det var inte frågan om att välja vilken kvinna han skulle leva med; snarare gällde valet vilken version av honom själv som skulle leva – oavsett om det var tillsammans med någon annan eller inte.

Lustigt att han behövde bli påmind om Laura för att bli påmind om sig själv. Han ler åt tanken på vad hon skulle ha sagt om det.

Vad skulle han själv säga till Laura, om han faktiskt mötte henne? Funderingarna har funnits där i snart en månad nu.

De senaste veckorna har han prövat att vända sig till henne, när han har skrivit för sig själv. Sagt nu vad han uppenbarligen velat säga henne länge men inte kunnat. Men att visa henne texterna skulle förmodligen vara meningslöst. Det riktigaste hade varit att skicka dem som brev tillbaka i tiden, och det går inte.

Är det en gåva eller en förbannelse med levande minnen?

Men hans skrivande har samtidigt gett honom en aning om att det finns något som han vill säga henne nu.

Kapitel 20

4 mars 2013

Andreas!
Det var en överraskning att höra av dig – men en trevlig sådan! Det har gått lång tid, men möjligtvis har vi båda också blivit lite klokare med åren.

Förlåt att jag svarar dig kortfattat! Bättre några rader i all hast än att aldrig få någonting skickat. Du förstår säkert. Skriv igen om du vill. Jag har ingen svartsjuk make som står och läser över min axel.

Laura

21 mars 2013

Du fick alltså idén att skriva för att du träffade min gamla kursare? Det var ju bra att ni möttes då! Om du träffar Sophie igen får du absolut hälsa. Jag tror dessutom att jag har kvar en bok, som hon lånade mig 2007.

Och sedan när intresserar du dig för konst?

Jag skulle vilja se dig gå på Bukowskis kvalitetsauktioner och lägga bud. Din advokatlön räcker förmodligen till mer än vad min »konstnärliga« gör.

Hur jag har det? I mitt arbete försöker jag betona »fri« i »frilansar« så långt det går. Jag är bra på det jag gör, och utöver att ha kunder som kommer tillbaka, börjar jag även få erkännanden av galleristerna. Jag skulle tro att jag har lyckats övertyga dem om min passion för hantverket. En fast anställning skulle onekligen ge mig tillgång till mer utrustning, men än så länge klarar jag mig.

Jag har fortfarande inte hittat någon okänd Rembrandt, men jag hoppas att en dag kunna göra det – med bibehållen yrkesetik. Jag får rikta in mig på bortglömda privatsamlingar i gamla slott.

L

12 april 2013

Nu har jag äntligen tid att sitta ner. Jag tycker om att läsa det du skriver och ta del av vad du tänker på. Och jag förstår att det nog har hänt en hel del sedan Göteborg.

Du nämner att du var lycklig med mig, och det betyder en hel del för mig att du använder det ordet. Jag var lycklig jag också – en tid. Det var skönt att ha någon som kunde se mig så som jag var, att kunna vara mig själv tillsammans med någon annan. För som du förstår händer inte det alltför ofta.

Men eftersom du frågar: Ja, jag har varit arg på dig. Jag tycker fortfarande att jag förtjänade att få fler försäkringar från dig än vad jag fick – om de nu var särskilt många alls. Att inse att jag ville leva med dig, var ett stort steg att ta, och att bli sårad då gjorde extra ont. Särskilt när du inte förstod att du sårade mig.

Men jag är inte långsint. Man glider ifrån varandra, och det gjorde vi också. Vi behöver inte fundera på vems fel det var vid vilka tillfällen. Det kanske inte var möjligt – eller meningen – att vi skulle leva tillsammans någon längre tid. Tro det eller ej, men jag har haft ett liv efter dig och samlat på mig nya erfarenheter. Mitt förflutna ligger inslaget i olika buntar med rött band runt om, och inget är bränt i vredesmod.

Jag antar att du undrar om det finns någon annan i mitt liv, även om du inte ställer frågan rakt ut. Svaret är nej. Inte för närvarande i alla fall. Jag går inte ut på samma sätt längre, och där finns inte många som nappar på att prata färg med mig ...

Men jag kan berätta att jag för några veckor sedan lyckades avbryta en trevande relation lite mer definitivt än vad som var meningen. Jag hade bjudit hem en man som det kanske skulle kunna bli någonting med, men av olika anledningar ändrade jag mig under kvällen. Efter kaffet sa jag att jag hade bytt lakan tidigare under dagen och tänkt på honom men att jag hade ändrat mig och att det nu var dags för honom att gå. Jag menade att berätta att jag faktiskt hade haft rätt långtgående tankar om honom, men av någon anledning tog han det inte alls som någon ömhetsförsäkran. Skratta åt mig! Jag har i alla fall inte träffat någon sedan dess.

27 april 2013

Det är sent, men jag riskerar åtminstone inte att väcka dig. Av någon anledning är det lättare att sitta uppe på natten och skriva. Resten av världen är nedsläckt, och här finns bara jag och min skärm. Även om jag är ensam där jag sitter, vet jag samtidigt att det jag skriver kommer att bli läst av dig.

Den här gången har skrivandet föregåtts av champagne. Jag kanske ångrar mig i morgon, så det är bäst att jag skickar det först efter att ha läst igenom mitt svar spik nykter.

Det förvånar mig att jag skriver till dig. Men som du vet är jag inte den som håller mig borta från någonting för att det är okänt eller svårbegripligt – utan snarare kan jag tvärtom söka mig närmare för att verkligen se vad som kan hända. *Curiosity killed the cat.* Nå, i så fall har jag flera liv!

Jag anar att det är mer än ett slumpvis möte med min kursare och yrkeskollega som har fått dig att skriva till mig. Det finns något i ditt tonfall som knappast har kommit över en natt. Samtidigt verkar det inte som om du har förändrats utan snarare som om du äntligen har en tydligare röst. Om du förstår vad jag menar.

Så här runt trettio är det lätt att fundera över om man fortfarande är på väg åt rätt håll i livet – eller om det håll man en gång tänkte sig fortfarande är det rätta. Förutom att jag förstås gärna skulle vilja vara rikare, är jag ändå rätt nöjd med alltihop. Det har blivit några fler dörrar, som jag gått in i, och landminor som jag trampat på med högklackade skor, men på något konstigt sätt skulle jag i efterhand ändå inte vilja ha erfarenheterna ogjorda. Nu vet jag tvärtom mer om vad jag ska undvika framöver. Och jag vet också mer om vad som fungerar!

Jag förstår det som att du själv undrar över karriären och framtiden och att du vill sätta världen på paus tills du hittar i den igen. Det kan du nog bara avgöra själv, men jag hoppas att du bryr dig om vad som är bäst för dig och inte vad du tror att du borde tycka.

Nej, du har inte beklagat dig för mig, men det du skriver ger intrycket av att du har omvärderat saker och ting. Det är nog det som gör att jag tycker om att läsa det du skriver; du verkar ha en egen vilja på ett helt annat sätt.

Jag satt i Dorsias bar tidigare i kväll. Med min frisyr och min mörkröda klänning, trodde väl folk att jag var en levande del av inredningen. (Dorsia, om du inte visste det, är ett hotell med minst sagt franskinspirerad inredning.) Jag firade att ett projekt var avslutat. Att min kollega lämnade återbud för vård av sjukt barn hindrade mig inte från att få min champagne!

Kanske hade du kunnat vara med mig där i kväll. Jag tror att vi hade haft trevligt. (Det där får jag nog radera!)

PS. Det är nu dagen efter, och efter att ha läst igenom alltihop har jag rättat några stavfel. Resten får stå kvar som det gör. Jag orkar inte censurera mig själv. Att ha huvudvärk är tillräckligt illa.

3 maj 2013

Ja, låt oss träffas! Nu får det vara nog med brevroman. Om du kommer till Göteborg, väljer jag plats. Kommer vi att känna igen varandra?

Kapitel 21

Smaken av kaffet skvallrar om varför Laura valde det här stället att ses på.

Det kanske var dumt att komma hit i god tid. Här sitter han vid ett bord utomhus, synlig för alla.

Att det här stället inte fanns på den tiden han bodde här, är bara ett av många små tecken på att staden har fortsatt att leva utan honom. Till och med platser som han känner igen verkar främmande på något sätt.

Det borde egentligen kännas vansinnigt att vara tillbaka här.

Han vänder sig om. Laura kommer gående. Som om han visste varifrån hon skulle komma. Ögonblicket före kände han sig lycklig utan att veta varför.

Det första han undrar när han reser sig för att hälsa är om ljus klänning med kavaj ovanpå är hennes klädstil nu för tiden. Det andra är om han ska krama henne eller inte.

Det blir hon som kramar honom lätt och ger honom en snabb kyss på vardera kinden. Uppenbarligen har hon skaffat sig kontinentala vanor, och det passar henne.

»Jag kommer strax. Ska bara köpa mitt kaffe.«

Andreas tar fram sin telefon ur kavajfickan och stänger av

den. Nu är det bara de två. När Laura kommer tillbaka och slår sig ner mitt emot honom börjar han komma ikapp att det här verkligen händer.

»Jag förstår att du valde det här stället.«

»Japp! Gott kaffe och plats i solen så här års. Man kan bli sittande om man vill.«

Han tittar ut över innergården, där de sitter.

»När öppnade det här? Det fanns inte på vår tid.«

»Sommaren 2007.« Hon verkar inte ha reagerat på hans ordval nyss. Ord som kom omedvetet.

»Bra val i alla fall.«

Hon sätter ner sin kaffekopp långsamt och utan att det hörs något ljud.

»Tack för dina mejl. Jag blev överraskad av att höra av dig. Men det var smickrande också. Många saker i livet handlar om timing, och för en gångs skull var timingen lyckad. Det har varit trevligt att läsa hur du har det.«

Han andas ut.

»Och jag har tyckt om att läsa vad du har haft att berätta. Jag hade ingen aning om hur det skulle kännas att verkligen träffa dig, men jag är glad att se dig igen.« Han gör en paus. »Nu när du sitter mitt emot mig, är det på ett sätt som om det inte alls har gått särskilt lång tid sedan sist.«

»Vad fick dig *egentligen* att skriva?«

Hon ler fortfarande men håller blicken fäst på honom en god stund.

»Det hade nog äntligen gått tillräckligt lång tid«, säger han till slut. »Jag visste att jag ville göra det och att jag skulle ångra mig om jag lät bli.«

Hennes blick på honom – vad betyder den?

»Det hade förmodligen inte varit möjligt tidigare«, fortsätter han, »men efter att ha sprungit in i minnena av dig och förstått saker bättre, gick det äntligen att försonas med det som varit. Plötsligt ville jag veta hur du har det. Och det var inte för att återuppväcka något som hände för åtta–nio år sedan, utan för att jag ville träffa dig här och nu.«

»Har ingenting att klandra, men det som var kan aldrig göras om.«

De ser på varandra. Ett citat ur Hjalmar Gullbergs dikt »Kärleksroman«, från ett sent skede i den, när det skildrade kärleksförhållandet är slut. Hon vet säkert att han vet.

Andreas småler.

»De orden har jag också tänkt på. Jag tänkte på dem redan då, men jag måste erkänna att de betyder något annat för mig nu.«

»Nämligen?«

»Att det där att inte ha någonting att klandra är det viktigaste. Men att det gamla inte kan göras om är faktiskt inte så farligt det heller.«

»Det är inte därför vi sitter här.« Hon ler och lägger huvudet en aning på sned.

Hennes mobil ringer.

»Förlåt!« utbrister hon, plockar fram telefonen ur handväskan och trycker bort samtalet utan att titta på skärmen. »Jag glömde att stänga av den förut, men nu gör jag det, så att vi inte blir störda mer.«

Om hon hade svarat, hade deras eget samtal kunnat vara slut nu.

Laura släpper ner telefonen i sin handväska och ser på honom igen med ett leende.

»Nå, var var vi?«

»Här och nu, tror jag.«

Hon lägger armarna i kors på bordet och lutar sig framåt. »Det går rätt bra hittills.«

Han ler.

»Tycker jag också.«

Laura lutar sig tillbaka igen.

»Eftersom vi ändå sitter här«, börjar hon och andas mitt i meningen, »skulle jag gärna få veta vad jag har betytt för dig. Jag vill faktiskt höra vad du har att säga.«

Detta var inte vad han hade väntat sig.

Men hon ler inte sitt elakt förtjusta leende som om hon ville tvinga honom att bekänna något pinsamt. Tvärtom ser hon allvarlig ut, som om hon bad honom om något viktigt.

Hur säger man till någon vad man en gång har känt för henne? Hur säger man det först flera år efteråt? Vad kommer att hända när han försöker?

»Du är den som har skakat om mig«, börjar han. »Den som har kommit mig närmast.«

Hennes ansiktsuttryck ger inte den minsta ledtråd om vad hon vill höra eller inte.

»Att allting började så oväntat mellan oss, gjorde det lättare att våga fortsätta att träffa dig. Det fanns inga direkta förväntningar. Sedan förstod jag inte allt som hände. Känslorna för dig hade jag inga ord för. Jag förstod allra minst varför det fanns ett sådant lugn över dem och varför det kändes så rätt tillsammans med någon som jag aldrig hade vetat att jag ens skulle träffa. Jag vet bara att närheten till dig är något som jag inte har upplevt med någon annan, varken före eller efter.«

Han slår ut med armarna.

»Och jag lät det gå sönder. För att jag var rädd. Och övertygad om att alltihop var för bra för att vara sant. Det kanske det var också, som livet såg ut då. Men jag är ändå glad att jag mötte dig den där gången. Och att jag vågade träffa dig igen, och igen. Det är svårt att föreställa sig hur livet skulle ha blivit annars.«

Laura tittar på honom utan att säga någonting. Smålog hon precis? Det gick för snabbt för att se.

»Och att se dig nu, gör mig lycklig. Jag kanske aldrig träffar dig igen, men jag sitter mitt emot dig nu och kan se att du är samma människa som jag en gång blev kär i, och att allt som redan var bra med dig bara har blivit bättre. Jag är glad över att ha känt dig.«

Nu är det sagt. Han håller kvar blicken på henne. Vill minnas henne från den här stunden.

Hon lutar sig framåt och lägger sin hand ovanpå hans.

»Det värmde att höra.« Hennes ljusblå ögon glittrar. »Du borde säga oftare vad du känner.« Hon kramar om hans hand innan hon släpper den. »Och om det tröstar dig, är du knappast ensam om att ha varit dum i huvudet i tidiga tjugoårsåldern.«

»Det kanske får det att kännas *lite* bättre«, svarar han. »Och jag bjuder på det där du sa om mig.«

Hon ler snett.

»Jag är glad att se att du också har blivit mera du«, säger hon medan hon lutar sig tillbaka och slänger sitt ena ben över det andra. »Jag tycker mig se ditt riktiga jag mer än bara glimtvis. Och det med kläderna på dessutom.«

Laura tittar ner för ett ögonblick, innan hon ser på honom igen.

»Du sa en gång att du älskade mig och att det var det sannaste du hade upplevt. Att det gjorde dig fri att börja förstå vad det innebar att älska någon, och att den friheten gjorde dig lycklig och skrämde dig på samma gång.«

Hon säger vad han själv försökte säga nyss. Och orden skulle alltså komma från honom? Har hon läst hans tankar?

Hennes ansikte är fortfarande allvarligt.

»När sa jag detta?« Frågan är så viktig att han måste säga orden långsamt.

»På min telefonsvarare mitt i natten vår första höst. Den gången du var onykter. Men du sluddrade inte, utan jag hörde alltihop klart och tydligt.«

Han lutar sig tillbaka. Ryggstödet är för lågt för att ge något ordentligt stöd, men det är bättre än ingenting.

Den enda gången som han ringde henne berusad skämdes han över det efteråt, inte minst för att han inte ens mindes vad han sa. Trösten fick bli att hon inte hade lyssnat. Men det hade hon alltså.

»Jag sa verkligen det? Och du visste hela tiden?«

Hon nickar.

»Jag kommenterade ingenting utan väntade på om du skulle säga samma sak till mig igen nykter. Men det gjorde du ju inte.«

Nu är det han som lutar sig framåt.

»Jag är ledsen att du bara fick höra det på det sättet och sedan aldrig mer. Du förtjänade fler gånger. Och jag skulle ha lättare att säga en sådan sak nu.« Han har lagt sin hand ovanpå hennes.

Hon lutar sig närmare honom.

»För nu skulle du säga det?«

Hennes ansikte är det enda han ser. Det är närmare honom än någonting annat, som om hon blivit en del av honom samtidigt som han fortfarande kan se henne framför sig.

»Ja. Det skulle jag. Många gånger.«

Hon håller kvar blicken och talar långsamt.

»Jag tror att den du sa det till skulle bli väldigt lycklig av att höra det.«

Det går att ta på luften mellan dem.

Båda drar sig bakåt utan att säga något. Sitter tysta utan att röra sig. Det är nästan generande att precis ha varit så nära och så blottade inför varandra.

Andreas sneglar åt sin tomma kaffekopp och skulle väldigt gärna ha den påfylld. Laura skulle skratta, om hon visste att han tänkte på just det.

Men hon greppar hastigt sin egen kopp, dricker upp det sista och sätter ner den med en liten smäll.

»Jag behöver i alla fall påtår nu. Vill du också ha?«

Lauras kaffebehov kan man lita på. Eller också är det hennes fingertoppskänsla som gör att hon inte vill att de båda ska sitta här rastlösa.

Hon reser sig och hindrar honom från att göra detsamma.

»Nej sitt. Har du rest hit för att träffa mig, kan väl jag få hämta kaffe.«

När hon väl kommer tillbaka, bär hon på en bricka med två fyllda kaffekoppar och ett fat med fyra chokladpraliner.

»*Surprise!*« utbrister hon, när hon sätter ner brickan.

»Det var därför du var så angelägen?« frågar han och ler, medan hon sätter sig igen. »Du köpte säkert fler praliner som du åt upp i smyg innan du kom tillbaka.«

»Oops!« Hon spärrar upp ögonen och håller sin ena hand framför munnen. Det ser härligt teatraliskt ut alltihop. De tittar tyst på varandra innan de börjar gapskratta båda två. Det är som om deras skratt går in i varandra. Omfamnar varandra.

Till slut har Laura hämtat andan.

»Se där, det är nyttigt med praliner – och bra för humöret. Vi behöver inte ens alkohol.«

Andreas har hämtat sig han också.

»Jag skulle vilja höra dig berätta mer om det du sysslar med, så att jag äntligen får veta.«

Laura höjer på ögonbrynen.

»Vill du höra mig prata jobb?«

»Du har alltid verkat lycklig när du pratar om att ta fram konst som den egentligen ser ut. Så ja, jag vill gärna höra dig berätta. Och jag vill se dig medan du gör det.« Han lutar sig framåt. »Inte minst undrar jag om du har kommit på några nya sätt att mörda tavlor på, eller om du rentav har åkt fast någon gång.«

Hon stöder hakan i vänster hand och ser stadigt på honom med ett småleende.

»Jag har inte åkt fast. Men om jag gör det, får du hjälpa mig att inte hamna i fängelse. Någon nytta ska jag väl ha av din advokattitel efter allt det här!«

Och Laura berättar om utbildningen och praktikterminen i Rom. Hur hon har hoppat mellan jobb på museer och hos gallerister och har fått träna sig på att le med huvudet på sned mot kunder och arbetsgivare. Någonstans där ute väntar nog en oupptäckt Rembrandt på henne. Hon berättar om tjusningen i att med sina händer befria en målning från gulnad fernissa och ta fram den som den egentligen ser ut men inte har setts av någon levande människa på generationer. Tjusningen i att se sitt färdiga arbete och veta att hon är en förmedlare av konst och en medskapare i det tysta. Eller en befriare av skönheten, som hon helst vill kalla sig och en vacker dag tänker trycka upp på sitt visitkort.

Andreas skulle kunna sitta här och lyssna på henne hela eftermiddagen. Nu när han kan se henne tydligt, vill han inte vara någon annanstans.

13 maj 2013

Andreas!
Det var fantastiskt angenämt att träffa dig. Nu har intrycken fått sjunka in, och jag är glad över att du tog initiativet och att du tog dig hit. Det betyder mer för mig än du kanske tror. Vi måste ses snart igen – i Stockholm eller Göteborg gör detsamma. Första champagnen bjuder jag på.

Laura